Tomasz Piątek

Heroina

wydawnictwo czarne

Wołowiec 2002

Projekt okładki i stron tytułowych KAMIL TARGOSZ
Na okładce wykorzystano obraz MIROSŁAWA SIKORSKIEGO

Redakcja i korekta
MAREK GUMKOWSKI, MONIKA SZNAJDERMAN

Projekt typograficzny i skład komputerowy
ROBERT OLEŚ — DESIGN PLUS
Kraków, tel./fax (12) 432 08 52

Druk i oprawa
DRUKARNIA WYDAWNICTW NAUKOWYCH SA
90-450 Łódź, ul. Żwirki 2

ISBN 83-87391-52-2

WYDAWNICTWO CZARNE S.C.
Wołowiec 11, 38-307 Sękowa
tel. (18) 351 00 70, (502) 318 711
fax (18) 353 63 60
e-mail: info@czarne.com.pl
www.czarne.com.pl

Wołowiec 2002
Wydanie I
Ark. wyd. 4,5; ark. druk. 7,25

NAJPIĘKNIEJSZE JEST TO, że gdziekolwiek bym poszedł, wszędzie pojawiają się kryjówki. Co dziesięć metrów jest jakaś brama. Albo opuszczony garaż. Albo wąska zarośnięta ścieżka między dwoma parkanami. Albo parking niestrzeżony, gdzie jestem zupełnie niewidoczny, kucając między samochodami.

Kiedyś tych wszystkich miejsc prawie w ogóle nie zauważałem. Wydawały mi się niczyje. Teraz wiem już, że są moje. W każdym z nich czuję się tak dobrze, jak gdybym miał tam zostać na zawsze.

Czasem niektóre kryjówki znikają. Czasem rozgrzebana przez koparki polana, porośnięta szarymi, dobrymi do kamuflażu badylami, nagle zostaje zajęta przez kanciasty szklany budynek, który nie tylko nie ukrywa mojej postaci, ale dodatkowo jeszcze ją odbija. Ale gdy jedna taka kryjówka znika, zaraz pojawia się dziesięć następnych.

Kiedyś lubiłem też restauracje. Wydawało mi się, że tam właśnie mogę mieć największy spokój. Myślałem tak, dopóki nie odkryłem, jak niesamowite są restauracyjne kible. W kiblu jesteś naprawdę sam, jak w kosmosie. A restauracyjne kible często są jeszcze do tego wytłumione. Można w nich siedzieć długo, pod warunkiem że wcześniej zamówiło się jakieś duże danie, którego zresztą nie trzeba jeść.

Sedes wydaje z siebie zachęcające szmery, gdy pochylam się nad kolanami, na których leży folia aluminiowa. Z twarzy wystaje mi mała, srebrna rurka. Nad folią aluminiową wciąż unosi się szarawy dym. Wypełnia już moje płuca. Ale nadal go wciągam przez rurkę, nie pozwalam mu uciec. Utrata porcji dymu to jak utrata ręki albo nogi, albo coś jeszcze gorszego. Różnica między absolutnym a prawie absolutnym szczęściem jest naprawdę ogromna.

Kiedy cały dym jest już w środku, przestaję oddychać i wtedy robi się naprawdę przyjemnie. Jak gdyby stojąca w mojej głowie filiżanka z gorącą czekoladą nagle przewracała się, żeby zalać mi ciało od wewnątrz.

Po kilku niesamowitych sekundach głębokiej, gumiastej rozkoszy przypominam sobie, gdzie jestem, i przez chwilę myślę, co robić. Mogę znowu zamknąć oczy i zanurkować w to, co jest tak dobre, że aż ciemne. Ale wtedy nie będę wiedział, kiedy się obudzę, a nie chcę ugrzęznąć w tym kiblu na zawsze.

Mogę też wstać i poszukać jakiegoś człowieka, żeby popaść w jakąś interakcję, rozmawiać, zachwycać się. To rozcieńczyłoby moją przyjemność, ale pozwoliłoby zachować przytomność. A przy okazji może i temu człowiekowi udzieliłoby się trochę mojej rozkoszy, przez co ogólna szczęśliwość we wszechświecie jeszcze bardziej by się zwiększyła.

Jest mi teraz tak dobrze i jestem teraz taki dobry, że wybieram tę drugą możliwość. Wstaję i wychodzę na zewnątrz, na korytarzyk prowadzący do sali dla gości, gdzie nie mogę się powstrzymać i przysypiam na kilka minut. A gdy się budzę, pierwszym człowiekiem, którego spotykam, jest młoda farbowana brunetka, która przyciska mnie do ściany, mocno, tak żebym nie spływał po murze jak marmolada na podłogę. Pyta mnie, jak się czuję. Szukam słowa, którym mógłbym jej odpowiedzieć, przynajmniej w przybliżeniu. Chciałem powiedzieć „Doskonale", ale chyba mówię „Kaloryfer".

Potem, już na sali, podchodzę do jednego z restauracyjnych facetów, ale rozpływa się jak batonik w palcach. Kiedy z pomocą innego faceta opuszczam lokal, postanawiam, że jednak sobie przysnę.

Otwieram oczy, ale jeszcze nie oddycham. Podaję folię olbrzymowi o płaskim złamanym nosie, który już tylko mruczy.

Jestem w piwnicy, w podziemiach bardzo starego domu. W kącie ciemnego pomieszczenia siedzi blondynek o bladej twarzy, pokrytej szarymi od ropy pryszczami. Ma piękny, wysoki głos, jak anioł albo ktoś wykastrowany. Kiedy my palimy, on opowiada nam o tym, jak przecięto mu dłoń u nasady kciuka. Stało to się zaraz po tym, jak jego znajomi zniknęli, a on odziedziczył po nich zapasy. Chciał wtedy zahandlować na swojej ulicy, na której mieszkało wielu takich heroinowych chłopców. Ale gdy tylko spróbował, nieznani ludzie złapali go, przecięli dłoń, a potem wrzucili go w krzaki róży przy śmietniku, gdzie dodatkowo się pokaleczył. Jeden z tych ludzi próbował go wypytywać czy przesłuchiwać, ale blondynek był zbyt nieprzytomny, żeby coś odpowiedzieć. Pamiętał tylko czoło i głowę bez włosów.

Znalazła go wtedy matka. Zabrała mu klucze i zakazała wychodzić z domu. Powiedziała, że jeśli wyjdzie, to ona już go więcej nie wpuści do środka. Blondynek wziął wtedy wiszący w kuchni nad zlewem klucz od piwnicy, zszedł tutaj i od tej pory stąd nie wyszedł, bo tu ma zapasy. Jak matka zorientowała się, że on cały czas siedzi w piwnicy, to przestała do niej schodzić, bo zaczęła się bać. Dlatego teraz jedynym problemem jest jedzenie. Oczywiście, blondynek nie je. Czasem jednak potrzebuje przyjąć coś półpłynnego, żeby złagodzić żółciowe wymioty. Nie ma jednak klucza od domofonu. Nie może więc wyjść na ulicę, żeby kupić sobie jogurt, bo już nie mógłby wrócić. Poza tym boi się, bo od kilku miesięcy nie był na ulicy i w ogóle pod gołym niebem.

Zanim to wszystko się stało, blondynek mieszkał przez rok w górskim ośrodku odwykowym, gdzie został alpinistą. To na pewien czas pchnęło jego działalność na zupełnie nowe tory, kiedy już wrócił do miasta. Zaczął wdrapywać się po ścianach biurowców, aby wyjmować z nich drukarki, komputery i inne równie atrakcyjne przedmioty. Pewnej nocy utknął ujarany na betonowej ścianie, niosąc na plecach faks, który zapomniał odłączyć od gniazdka. Na ścianie faks ożył i zaczął wypuszczać z siebie różne komunikaty na papierze rolkowym. Blondynek wtulał się w beton, a z pleców zwieszała mu się rosnąca biała wstęga, która w końcu dotknęła ziemi sześć pięter niżej. Ewentualny przechodzień mógłby przeczytać najniżej wiszący faks, pewnie dotyczący przepływu środków finansowych albo jakichś innych takich rzeczy.

Gdy olbrzym i ja opuszczamy piwnicę, na podwórku jest jeszcze jasno. Za murkiem coś zaczyna ostrzegawczo pocharkiwać i spluwać, a olbrzym szybko żegna się ze mną, wsiada do samochodu i odjeżdża, bo ma zajęcie. Od pewnego czasu maluje ściany swojego mieszkania na niebiesko i nie może przestać.

Opuszczony, ale szczęśliwy, wchodzę do baru na ulicy i zamawiam colę. Staram się zachowywać szorstko, aby jakoś skontrować nieodpartą słodycz, która mimo prób kamuflażu ciągle ze mnie wyłazi. Ludzie w barze patrzą podejrzliwie, jak gdyby czuli, że to tutaj bije podziemne źródło ciepła, które ich rozgrzewa.

Piję colę, zasypiam i śni mi się coś bardzo czarnego. A kiedy się budzę, wyruszam z baru na poszukiwanie tych specyficznych, wyjątkowych nieprzygód. Nieprzygoda jest na przykład wtedy, gdy się idzie wzdłuż długiego, beżowego muru, który jest coraz bardziej przyjemny.

Brnę przez ulice. Nagle przede mną majaczy niewyraźny, ale znajomy kształt: dziewczyna w zielonym swetrze. Coś mi mówi, że ona ma do mnie jakieś prawa. Jest jeszcze daleko, w towarzystwie jednej ze swych ciemnowłosych koleżanek. Mój nieodwołalnie spokojny umysł próbuje na siłę naszkicować coś w rodzaju paniki. Ale niepotrzebnie: między murem domu a śmietnikiem z szarych cegieł pojawia się mała szara wnęka. Wskakuję tam tak płynnie, jak gdyby coś mnie wciągnęło.

Dziewczyna mogła jednak mnie zauważyć, więc na wszelki wypadek odwracam się twarzą do muru. Być może dziewczyna podeszła do mnie i właśnie do mnie przemawia, ale ja nie mogę słyszeć tego ani widzieć, bo właśnie staje się to nieuniknione, co musiało się stać: łączę się z murem, jak gdybym się z nim mieszał.

Kiedy wracam do siebie, w mojej wnęce jest tylko duży biały kot o pysku podejrzanie przypominającym zająca. Kot gapi się na mnie uważnie. Kiedy minimalnie ruszam głową, zwierzę znika między dwoma kawałkami dykty. Rosnący przy wyjściu z wnęki krzew, oblepiony wilgotnymi fusami po herbacie, trzęsie się, najwyraźniej trącony przez kota lub jeszcze przeze mnie, kiedy się tu chowałem.

Odważam się wychylić i wtedy widzę dziewczynę od tyłu, nadal z koleżanką. Przeszła, ale chyba mnie nie widziała. Gdyby mnie zobaczyła, stałaby tu jeszcze i krzyczała. Oczywiście, jeśli jestem dla niej tak ważny, jak mówi.

Tego dnia zasypiam jeszcze w kilku pubach, w cichym kiblu na stacji metra, wieczorem w bramie, gdzie kulę się niczym brat bliźniak pękatego metalowego krasnala (znajduje się na ziemi przy wejściu do bramy i chyba ma coś wspólnego z rynną). Na jednym z podwórek, pod figurą Matki Boskiej w niebieskiej, wygwieżdżonej szacie, opieram głowę tuż obok jej pantofla, którym podobno miała komuś zmiażdżyć głowę.

Nikt mnie nie budzi, bo prawdopodobnie wyglądam na pogrążonego w głębokiej modlitwie. A ja tylko przypominam sobie, co się dzisiaj działo, cały ten cudowny dzień.

Dzień zaczął się rano, gdzieś około dziesiątej, w łóżku, na którym leżałem jak wielka, słodka kałuża. Obudziło mnie coś jakby chomik w brzuchu. Łaskoczące, gryzące i ruchliwe gówno, które we mnie siedziało i szukało wyjścia, ale wyjścia nie było. Otworzyłem oczy, jednak nadal widać było tylko bardzo niejasne rzeczy. Za oknem świeciło, ale zasłony były prawidłowo zasunięte.

Poszedłem w końcu do kibla, ale nawet odlanie się było jeszcze niemożliwe, jakby pozarastały mi wszystkie otwory w ciele. Trzeba było poczekać albo znieczulić w sobie gówno. To znaczy znieczulić siebie. Włączyłem komórkę, która natychmiast zapiszczała.

— Masz siedem nowych wiadomości — oznajmił zadowolony z siebie telefon.

— Dzień dobry, panie Tomaszu — zaczął szczekać karabin maszynowy. Każda spółgłoska wrzynała się w ucho jak mały pocisk rozpryskowy. Już samo „dź" z „dzień dobry" mogło zabić bardziej wrażliwych słuchaczy. Ale ja i tak byłem trochę nieżywy.

— Dzień dobry, panie Tomaszu. Rozmawiałem z wieloma osobami i tylko kobiety zgadzają się z panem, że ja umiem brać na siebie odpowiedzialność wyłącznie za osoby nieodpowiedzialne. Co pan na to? Musimy się spotkać.

— Cześć — zaczął nosowy bas Maćka, dziecinny, bo trochę sepleniący. — Może byśmy razem zrobili coś bardzo przyjemnego?

— Dzień dobry, nazywam się Katarzyna i chcę, żeby pan mi powiedział, jaka jestem.

— Cześć, Tomek. Tu Bartek. Zrób coś. — Bartek miał szesnaście lat, ciemne oczy, wiśniowe rumieńce oraz matkę, którą znałem i która mnie lubiła, chociaż czasami miałem wrażenie, że w każdej chwili mogłaby mnie rozszarpać.

— Cześć. To ja. Może wolisz, żebym w ogóle nie dzwoniła? Chciałam się dowiedzieć, jak się czujesz i czy się spotkamy.

— Dzień dobry, tu Andrzej Sieklucki, chciałem się umówić na trening przed wywiadem dla prasy.

— Cześć, tu Gabriel — rozległ się wreszcie głos, lekko drżący jak na mężczyznę, ale bardzo przyjemny, aksamitno-migdałowy. — Chcę cię pozdrowić, Tomku, i przypomnieć, że pojutrze odbędzie się chrzest ewidentnie najsłodszego na świecie niemowlaka. No i chcę też zapytać, czy jakoś konspirujemy.

Chodziło oczywiście o najsłodszą konspirację świata. Nie wiedziałem, jak Gabriel chciał ją pogodzić z istnieniem najsłodszego na świecie niemowlaka. Ale związki Gabriela z życiem były zawsze bardzo problematyczne. Jakoś strasznie trudno było uwierzyć, że spłodził dziecko. Łatwiej już uznać, że to spirala albo globulka rozwinęła się w samoistny organizm.

Słuchanie wiadomości jest czymś takim jak piłowanie drzewa. Spociłem się porządnie, a potem już miałem wybrać Gabriela, kiedy jednak zdecydowałem się zadzwonić do Maćka. Być może nie było to do końca zgodne z rachunkiem ekonomicznym. Maciek, mimo że miał kasę, zawsze starał się być częstowany. Ale z drugiej strony, Maciek znał nieprawdopodobną ilość dilerów. Był wielkim, chodzącym zabezpieczeniem przed dilerską nieuchwytnością. Dilerzy w ogóle są dosyć nieuchwytni. Muszą być trudni do osiągnięcia, bo to zapewnia im bezpieczeństwo. Wiedzą, że klient i tak do nich dotrze, bo klientowi bardziej zależy niż policji czy jakiejś konkurencji. Ale od czasu do czasu diler robi się nieosiągalny nawet dla najbardziej zaufanych klientów. Zapada się wtedy we własny, zupełnie osobisty świat, skomponowany z takich elementów jak aresztowania, okaleczenia, interwencje mamy, kokainowe orgie kończące się samobójstwem lub morderstwem. I wiele innych sytuacji, które dla nas objawiają się jednym krótkim tekstem: — Cześć, to ja. Nagraj się po sygnale.

Wystukałem numer. Po dłuższej chwili rozległo się zaspane „Halo?" Maćka.

— Cześć, to ja — zacząłem rześko. — To ja, twój zegar biologiczny. — Pragnąłem wywołać mu mróweczki wzdłuż kręgosłupa, ale mówiąc to, sam je poczułem, i to tak, że musiałem kucnąć, nagi, ze słuchawką na dywanie.

— No tak — zamruczał Maciek. — O tej porze tylko ty możesz dzwonić.

— Zrób coś.

— Dobra, tylko wiesz, jakoś nie mam teraz kasy, bo remont…

— Ale ja mam — uciąłem. Maciek zaczął remontować mieszkanie rok temu. I przez cały rok nie mógł skończyć tej roboty. Przyczyny prawdopodobnie były dwie. Po pierwsze, monotonne pokrywanie tej samej ściany kolejnymi warstwami tej samej farby musiało mu potęgować przyjemność, dlatego przedłużał malowanie, jak mógł. Po drugie, z Maćkiem było tak, że wszystko natychmiast mu się psuło. Telewizor, wiertarka, wieża, nawet dziadek do orzechów. Niedawno już drugi telewizor z rzędu, po kilku dniach normalnego funkcjonowania, zaczął odbierać z całej kablówki wyłącznie program arabski, pokazujący przez 24 godziny na dobę spikerkę, która praktycznie była samym tylko makijażem. Maciek nawet kiedyś wynajął specjalistę od spraw pozaziemskich, żeby sprawdził, skąd się bierze takie przekleństwo. Specjalista wykrył, że Maciek miał bardzo złośliwego dziadka, który po śmierci został zmuszony do pokutowania w sprzętach otaczających Maćka. Nie było w tym zresztą nic dziwnego, bo inteligentne sprzęty elektroniczne — tak twierdził specjalista — funkcjonują tylko dzięki duchom, inaczej nie byłyby inteligentne i obdarzone nadprzyrodzonymi mocami, takimi jak na przykład natychmiastowe przekazywanie informacji na odległość. A w przypadku Maćka tak się złożyło, że jego dziadek był złośliwy i psuł to, czym miał zawiadywać. Maciek z początku nie chciał uwierzyć w to wyjaśnienie, ponieważ dziadek, który zresztą naprawdę umarł, nie był nigdy specjalnie złośliwy. Ale takie wydarzenie jak śmierć mogło mu zmienić charakter.

Tak czy inaczej, nieustający remont i konieczność ciągłego kupowania nowych sprzętów były dobrym wykrętem, żeby nie płacić za przyjemność. Wykrętem, bo Maciek tak naprawdę miał zawsze dosyć pieniędzy. Jego ojciec był prezesem wielkiej firmy budowlanej. Kiedy willa, w której mieszkał, przestała być godna takiego prezesa, przeprowadził się do innej, a starą zostawił synowi. Maciek podzielił willę na dwie części: mniejszą, mieszkalną, a właściwie niemieszkalną, w której trwał nieustający remont, oraz większą, produkcyjną, czyli studio.

W studiu Maciek pracował nad biżuterią. Kiedyś skończył wzornictwo przemysłowe, ale chciał zostać projektantem biżuterii, najlepiej sławnym na cały świat. Jego obsesją były cieniuteńkie, srebrne druciki, tak cienkie, że aż prawie niedostrzegalne, ale bardzo długie. Miały służyć jako biżuteria letnia, do noszenia na plażę. Szczęśliwa właścicielka drucików — istniejąca tylko w teorii — miała sobie nimi wielokrotnie oplatać talię, rękę, nogę, a nawet obwiązywać się luźną siecią takich drucików po założeniu kostiumu kąpielowego. Obraz kobiety obwiązanej drucikami musiał bardzo podniecać Maćka na początku jego działalności. Potem bardziej zaczęły go podniecać same druciki, które ciągle się rwały.

Umówiłem się z Maćkiem w lokalu Guerilla, otwartym już od południa. Potem zjadłem śniadanie, składające się z łagodnych serków, łatwych do zjedzenia i do ewentualnego zwymiotowania. Następnie powlokłem się do Guerilli, gdzie zamówiłem colę, bo kofeina pomaga człowiekowi skoncentrować się na przeżywaniu przyjemności.

Przez okno zobaczyłem nadjeżdżające granatowe renault. Maciek wziął je na kredyt, po tym jak podczas jazdy swoim poprzednim samochodem zderzył się z własnym silnikiem. Tamten samochód jakoś tak niefortunnie podskoczył na wyrwie, że silnik wypadł przez maskę na jezdnię, przed wóz, który nie zdążył wyhamować i władował się na silnik.

Drzwi trzasnęły i wielka masa z sapaniem zaczęła podążać w moją stronę. Maciek był olbrzymem i miał wielki, płaski, niegdyś złamany nos. Dodatkowo miał także ogromne oczy, bródkę i irokeza.

— No bo ja uważam — zaczął swoim nosowym basem, kiedy już się wygodnie umieścił na krześle — no bo uważam, że powinny być takie lokale, w których goście mogą zmieniać miejsce, nie wstając od stolika. No bo każdy lubi siedzieć na dupie, ale to się nudzi, siedzieć cały czas w tym samym miejscu. Dlatego ludzie w pewnym momencie wychodzą z lokalu i idą do innego. Powinny więc być takie instalacje krzesłowo-stolikowe na szynach. Tak, żeby stoliki z gośćmi jeździły wzdłuż ścian, różnie pomalowanych albo poozdabianych. Z takiego lokalu nikt by nie chciał wychodzić.

Ze wszystkich możliwych sposobów udoskonalania świata w tej chwili interesował mnie tylko jeden. Zapytałem Maćka, jak się umówił z dilerem. Okazało się, że najbardziej zaufany diler jest mentalnie niedostępny. Kiedy Maciek do niego zadzwonił, chłopiec nawet nie mówił, tylko wrzeszczał i wydawał z siebie dźwięki jak klakson.

Na szczęście od miesięcy w jednej z piwnic w Śródmieściu siedział sobie taki człowiek, który nic nie robił, tylko jarał. Nie musiał wychodzić, bo w swojej piwnicy miał ogromny zapas brauna. Odziedziczył go po jakiejś grupie dilerów, która zniknęła, i nie bardzo było wiadomo, co się z nią stało. Mogła zostać wyaresztowana, wystrzelana, albo przeszła wewnętrzną przemianę i wstąpiła do klasztoru. Jedyne, co było pewne, to to, że zostało pół kilo brauna. I ten facet go sobie powoli wyjarywał.

Na pewno wielu ludzi pragnęłoby zaznajomić się z takim facetem. Dla większości było to zupełnie niemożliwe, ale Maćkowi się udało. Jeden z jego kolegów, członek słodkiej konspiracji, mieszkał niedaleko od tej wspaniałej piwnicy i znał jej lokatora jeszcze z jego przedpiwnicznych czasów. Kolega często schodził do piwnicy, aby kupić ćwierć grama. Bełkotliwa niemrawość Maćka musiała w koledze wzbudzić takie zaufanie, że zaprowadził go tam. I ta sama bełkotliwa niemrawość musiała również wzbudzić zaufanie w piwnicy, bo Maciek zaprzyjaźnił się z podziemnym osobnikiem i mógł się u niego zjawiać o każdej porze. Ruszyliśmy więc na wyprawę do piwnicy. Była niedaleko, ale Maciek uparł się, żeby podjechać tam jego samochodem. Moje bezwładne ciało rozlało się na siedzeniu obok kierowcy, z nadzieją, że renault zepsuje się albo rozbije jakoś łagodnie. Wszystko było bez smaku i bezwonne, więc wypadek mógł być bezbolesny.

Na szczęście podróż trwała zbyt krótko, żeby dziadek Maćka mógł nabałaganić w elektronice samochodu. Po minucie zatrzymaliśmy się pod brązową kamienicą, przed bramą, znad której zwieszały się wielkie anioły bez twarzy. Maciek wygramolił się na chodnik i podszedł do okienka od piwnicy, które wychodziło na ulicę mniej więcej na wysokości jego buta. Leciutko kopnął szybę albo może potarł ją czubkiem buta. Potem pociągnął mnie za sobą i weszliśmy na podwórko.

Przez krótką chwilę zainteresowała mnie duża ilość połamanych łyżeczek, które leżały na błotnistym trawniku malowniczo porozrzucane, a nawet powbijane w ziemię.

Nie przyjrzałem im się jednak, bo od razu stanęliśmy przed klatką schodową i czekaliśmy, patrząc na drzwi. Miałem nadzieję, że jest to ostatnia fizyczna przeszkoda, jaka dzieli nas od jarania. Ale drzwi się otworzyły i ukazała się w nich przeszkoda biologiczna.

Był to mały, na oko piętnastoletni blondynek, całkowicie pokryty pryszczami, tak ropiejącymi, że aż szarymi. Miał je nawet na powiekach i może dlatego mrugał, jakby porażony naszym widokiem. Potem przywitał się z Maćkiem niesamowicie czystym, wysokim głosem. Mógł być jeszcze młodszy, niż myślałem.

Zeszliśmy za nim w głąb piwnicy, gdzie za każdym krokiem robiło się coraz ciemniej i coraz bardziej heroinowo. Wreszcie dotarliśmy do wąskiego pomieszczenia wypełnionego ciężkimi, antycznymi krzesłami, szafami i komodami, z których zwieszały się brązowe amorki. Ze starości zatarły im się głowy i kończyny, tak że upodobniły się do embrionów. Tutaj rodzina blondynka musiała przechowywać resztki swojej albo cudzej świetności.

Sam blondynek musiał się już dosyć ośmielić, bo maksymalnie wykorzystywał okazję do kontaktów, jaką było nasze przyjście. Zaczął coś mówić do Maćka bardzo cienkim głosem. Najpierw było to zupełnie niezrozumiałe, a potem okazało się, że blondynek opowiada o jakichś sytuacjach ze swojego życia. Na przykład o tym, jak w górskim ośrodku odwykowym robiono mu odtrucie bez kroplówki, ale za to przy użyciu lewatywy. Cała opowieść była miła jak wnętrze Żelaznej Dziewicy. Bo chyba lepiej jest przeżywać nieprzyjemne sytuacje niż o nich słuchać. Kiedy coś przeżywasz, możesz reagować. Kiedy ktoś ci opowiada o takiej sytuacji, nic nie możesz zrobić, żeby ją zmienić, bo ona już się wydarzyła. Też jesteś w środku, ale unieruchomiony lepiej niż na krześle elektrycznym. Byłem znowu spocony, zanim dostałem pierwszego bucha.

A poprzedniego dnia bawiłem się wieczorem w kiblu Guerilli, gdzie farbowana brunetka przyciskała mnie do ściany. A jeszcze wcześniej siedziałem w studiu telewizyjnym między publicznością.

Gościem programu była piosenkarka. Do końca brakowało piętnastu minut. Program leciał nieprzerwanie, bo był na żywo. Pamiętam, że prezenter męczył piosenkarkę, żeby zmusić ją do mówienia, a ona wciąż mówiła mało i cicho. Nie dało się jednak ukryć, że wymawiała „n" prawie jak „m", a „k" było bardzo wyraźne, ale krótkie. Szybko ułożyłem sobie i przepowiedziałem po cichu tekst nie dłuższy niż pół minuty. A kiedy koordynator pokazał mi, że rzeczywiście mam tylko trzydzieści sekund, wygłosiłem coś mniej więcej takiego:

„Pani Karolina jest osobą pewną siebie. Zębowe 't' i 'd' są głośne, a nawet lekko przedłużone w 'c' i 'dz' w niektórych wypadkach, co znaczy, że swoim zawodowym sprawom pani Karolina oddaje się z największym poświęceniem. Nie znaczy to, że sprawy uczuciowe są dla niej mało ważne. Przywiązuje do nich dużą wagę, chociaż niekoniecznie na pierwszym miejscu stawia miłość, o czym świadczy gardłowe 'k', wymawiane głośno, ale krótko. Bardzo mocno przeżywa związki z przyjaciółmi, o czym świadczy nosowe 'n' zbliżone do nosowo-wargowego 'm'. Tak więc pani Karolina jest namiętna, ale nie w miłości, tylko w przyjaźni".

Brawko, ulga, a potem prezenter podziękował ekspertowi lingwiście. Znowu dokonaliśmy czegoś niemożliwego. Gwiazda się pożegnała, powiedziała do widzenia widzom i wyszliśmy ze studia. Pogawędziłem z ludźmi i z gwiazdą, a później poszedłem do biura i wypiłem litr wody mineralnej. Pomyślałem sobie, że mam piękne życie i że trzeba to jakoś uczcić.

Jestem szczęśliwy w nowy, betonowy sposób. W moim ciele nie ma ani jednego centymetra sześciennego, który nie byłby całkowicie wypełniony czymś gorącym i ciężkim jak płynny cement. Ale biorę jeszcze dwa buchy. Muszę mieć w sobie naprawdę dużo, żeby wykonać to, co słodko majaczy mi w głowie. Muszę być naprawdę dobry. Mam dać Gabrielowi coś, co niełatwo dać, ale co może się okazać najpiękniejszym prezentem na nową drogę życia.

Moje postanowienie słabnie na chwilę, kiedy widzę kota, ale kot nie daje się złapać. Przewracam tylko parę nadmuchiwanych gumowych niedźwiedzi, prawie tak dużych jak ja.

Mam dłonie czarne od popiołu z folii. Chyba trzeba je umyć. Przy kanciapie rekwizytora jest łazienka. Ciekawe, że w łazienkach dziennikarzy jest takie białe mydło w płynie, w buteleczkach z dziobem. W łazience rekwizytora jest normalne mydło, twarde i zielone. Biorę je do ręki. Odkręcam gorącą wodę i wsadzam ręce, ale nie czuję ciepła, bo ciepło mam w głowie.

Takie mydło trzeba chyba dobrze rozmydlić, żeby je rozmiękczyć i żeby się nadawało do mycia. Trzymam je pod kranem i kręcę nim w rękach. Ono w pewnym momencie przestaje się wyślizgiwać, tylko czepia się moich rąk. Jest lepkie, ciepłe i miękkie, jak plastelina albo jakiś niemowlak. Doprowadza mnie to do kolejnej porcji ekstazy, po której orientuję się, że mydła już nie ma. Roztopiło się gdzieś między moimi palcami.

Wychodzę z łazienki, a potem z budynku telewizji, który jest dzisiaj prawie całkiem pusty. Próbuję potrząsać rękami, żeby wyschły, ale udaje mi się nimi robić tylko takie powolne koła. W autobusie mam zamknięte oczy i co jakiś czas widzę przez sekundę twarz Gabriela o wielkich fioletowych oczach. Może nawet trochę bardziej fioletowych, niż są.

Gabriel jest początkującym konserwatorem sztuki. Dobre zajęcie dla niego, bo pieczołowitość to jego druga natura. To, co dzisiaj ode mnie dostanie, może bardzo go zmienić. Ale te dobre cechy, które w nim kochamy, powinny się tylko wzmocnić.

Dojeżdżam pod kościół ze sporym opóźnieniem, bo uroczystość już się skończyła. Przed wejściem, w tłumie garniturów, a nawet smokingów, żona Gabriela kołysze na ręku czujne, ciche zawiniątko. Gabriel tam króluje, otoczony przez wujów, teściów oraz własną matkę, która raz po raz rzuca mu się na szyję, powiewając ramionami i czymś w rodzaju szala. Inni też go obejmują, tak że nieustannie znika. Tylko co chwilę zza jakiejś marynarki czy żakietu migają wielkie oczy. I słychać: „Dziękuję najserdeczniej", wypowiadane tym wyjątkowym głosem o brzmieniu, które można byłoby określić jako migdałowe.

Przez cały czas się pilnuję, żeby za wcześnie nie wypuścić z siebie mojego ciepłego prezentu dla Gabriela i nie zwymiotować wujowi na lakierki. Wreszcie Gabriel pojawia się przy mnie i całując mnie w oba policzki, szepcze: „Dawaj szuwaksik".

Nic nie mówię. Chcę być z nim sam na sam, kiedy mu to przekażę. Nie chcę, żeby inni to widzieli, bo to, co się z Gabrielem stanie, na pewno wstrząśnie nim w sposób widoczny. Ruchem głowy wskazuję parking.

— Przepraszamy na chwileczkę — woła Gabriel w stronę tłumu wujów i ciotek. Tłum kiwa potakująco głowami. Pewnie myślą, że oddalamy się na krótką, męską rozmowę przyjaciół, wzruszonych niezwykłą chwilą. I pierwszy raz się nie mylą. Jego żona też się uśmiecha i mało brakuje, a byłbym dotknął jej okrągłej twarzyczki moją ciepłą ręką.

Wsiadamy do małego, czerwonego samochodu Gabriela. Jego twarz jest znowu bardzo blisko.

— Dawaj szuwaksik — powtarza z bezczelnym, ale nadal uroczym uśmiechem.

Zamiast odpowiedzi serdecznie całuję go w policzek. A potem zaczynam cicho mówić, blisko przy jego twarzy. No i ma niespodziankę. Bo dowiaduje się, że już nigdy więcej nie zajara. Teraz czekają go zupełnie inne przyjemności. Przyjemności, które ktoś taki jak ja doskonale rozumie. Przecież ja bez przerwy czuję coś takiego, jak to, co czuje ojciec czy matka do swojego ukochanego dziecka. Dlatego nie pozwolę mu jarać.

— Nie pierdol — mówi Gabriel serdecznie. — Dawaj szuwaksik. Widzę, że jesteś ujarany jak nigdy.

Uśmiecham się. Ja wiem, kto może jarać, a kto nie. Gabriel ma w sobie coś miłego i miękkiego, nawet na trzeźwo. W ogóle nie musi jarać. A teraz to absolutnie nie powinien. I dobrze wie, że ja mogę sprawić, że on już nie zajara. Mówię mu to i wreszcie jest tak, jak gdyby wypłynęło ze mnie to coś ciepłego i gęstego, co chciałem dać Gabrielowi. Jak gdybym mówiąc, wychuchał Gabrielowi w twarz coś bardzo tropikalnego. Sam robię się trochę zimny, ale potem pojawia się następna fala ciepła. Być może to ta poprzednia, odbita od Gabriela, od jego zaciśniętych warg i zamkniętych oczu, wraca znowu do mnie, aby przykryć mnie jak kołdrą. A Gabriel odwraca się ode mnie, opiera czoło na kierownicy i mówi, żebym spierdalał z jego samochodu.

Ale ja jestem bardzo, bardzo szczęśliwy. Wiem, że miłość zwycięży. To znaczy, że ja zwyciężę i żona Gabriela, i być może też jego matka. Wysiadam z samochodu i opuszczam towarzystwo, idąc w kierunku pociągająco szarej bramy.

Wiem już, gdzie popełniłem mały, słodki błąd. Trzeba go było jeszcze bardziej przytulić i ochuchać, ze wszystkich stron, tak żeby poczuł, jak go otacza moje ciepło, tak mocne i zagęszczone, że aż ciemne. Gabriel w tej podwójnie trudnej chwili potrzebuje więcej ciepła niż przeciętny człowiek, tak samo jak trzymane przez jego żonę zawiniątko.

Kiedy wracam do domu długimi tramwajami, trochę przysypiam, a trochę przypominam sobie cały cudowny dzień, który jednak odrobinkę miesza mi się z poprzednim.

Rano obudziło mnie „Arararara". To był wrzask. Razem z porcją wymiocin, która bezboleśnie wyleciała ze mnie na podłogę.

Wymiot po heroinie jest rutynowym zabiegiem higienicznym. Gładko prześlizguje się przez przełyk niczym zwinna ryba. Albo nie czuje się go wcale, albo wręcz jest przyjemny. I jest też dosyć cichy. Dlatego „Arararara" nie pochodziło ode mnie, tylko od piosenkarki w telewizorze.

Myślałem, żeby podpełznąć do pilota i zmienić kanał. Ale nie wiedziałem, czym to zrobić. Moje ciało nie miało jakiegoś specjalnego kształtu.

Potem mijały godziny. Potrzeby duchowe przez ten czas były zaspokajane tylko przez prezenterki i piosenkarki z telewizji Viva Zwei. One chyba jednak były przygotowane do zaspokajania potrzeb duchowych kogoś zupełnie innego. Kiedy zacząłem się ruszać, wyłączyłem telefon. Nie bardzo mogłem rozmawiać, bo byłoby tak, jakbym ucierał na proszek dwa kawałki dykty, przesuwając jeden po drugim.

Na szczęście w mojej głowie utrzymywało się jeszcze coś w rodzaju gigantycznej kostki cukru. To kanciaste urządzenie bolałoby, gdyby nie to, że równocześnie było słodkie.

Resztę dnia spędziłem na oglądaniu telewizji muzycznych, zabiegach higienicznych oraz sprzątaniu wymiotów. Poruszanie się nadal ciężko mi przychodziło, szczególnie jeśli miałem świadomość, że coś robię. Zastanawiałem się, czy gdybym odciął sobie kawałek ciała, mógłbym wyssać z niego resztki heroiny. Po dłuższym namyśle doszedłem do wniosku, że nie zmieniłoby to mojej sytuacji. No, może poza tym, że gdybym sobie odciął coś z ciała, odczuwałbym mniejszy ciężar przy poruszaniu się.

I następny dzień to był dopiero ten właściwy, czyli dzisiaj. Zaczęło się pięknie, bo rano słońce świeciło przez cienką warstwę niskich, deszczowych chmur, dzięki czemu światło wyglądało jak elektryczne i na ulicy można było czuć się jak w domu. Szybko pojechałem do roboty, gdzie musiałem oporządzić znanego satyryka. Okazał się wyjątkowo bojaźliwy. Potem piłem wodę mineralną w redakcji, gapiąc się na kalendarz z noworodkiem leżącym wśród skorupek wielkiej pisanki. Przypomniało mi się, że za dwie godziny miał się odbyć chrzest syna Gabriela. Gdzieś daleko, po drugiej stronie Wisły, w kościele.

I nagle do głowy przyszedł mi wspaniały pomysł. Pomysł, żeby uatrakcyjnić sobie ten chrzest, przyjeżdżając w stanie ujarania. Po pierwsze, w ten sposób uroczystość mogła stać się jeszcze bardziej przyjemna. Po drugie, byłaby to w ogóle niesamowita, niespotykana jazda, ujarać się na chrzcie, w kościele.

Podnieciłem się tak, że włączyłem komórkę i skasowałem wszystkie wiadomości, bez wysłuchania. Następnie zadzwoniłem do Maćka. On na szczęście miał włączony telefon. Nie chciało mu się gadać, bo miał zły dzień — zdaje się, że popsuł mu się czajnik elektryczny, i dlatego wyrzucił go przez okno albo też wyrzucił przez okno czajnik, który wtedy się popsuł — ale obiecał, że zadzwoni do jednego ze swoich dilerów i umówi mnie z nim. Potem minęło wiele minut, wypełnionych wspaniałym, denerwującym, ale zajebiście podniecającym oczekiwaniem. Wreszcie Maciek oddzwonił, aby dać mi numer dilera.

Czułem nieśmiały przedsmak błogości, wykręcając odpowiedni numer i słysząc w słuchawce chrypliwy głos. Po wstępnych pieszczotach typu „Cześć, witamy, kumple Maćka są zawsze mile widziani", przystąpiliśmy do właściwej części rozmowy.

— Mam coś droższego, ale ekstra. Warto. Nowa jakość, nowa moc. Takiego brauna jeszcze nie paliłeś — wygłosił jednym tchem. Skurwysynek umiał podbić cenę.

Po tej interesującej zapowiedzi jeszcze przez piętnaście minut siedziałem w redakcji, a bobas w skorupach jaja starał się zawładnąć moim umysłem. Potem wyszedłem przed budynek telewizji.

Na podjeździe stała już chuda postać, nie więcej niż szesnastoletnia. Kiedy podałem chłopakowi pieniądze, zauważyłem, że miał obandażowaną dłoń u nasady kciuka, i chociaż było to ciekawe, nie zapytałem go o to. Znajomość dobrze się zapowiadała, nie chciałem jej psuć głupimi pytaniami. Pożegnałem się i poszedłem szukać sobie zacisznego gniazdka.

Wszedłem do budynku telewizji i skierowałem się od razu do kanciapy rekwizytora, gdzie nie było nikogo, poza pewną ilością dużych nadmuchiwanych niedźwiedzi. Tam wysypałem trochę brauna na folię. Był bardzo jasny, prawie żółty. Zrobiłem rurkę, wsadziłem sobie w twarz i podgrzałem folię zapalniczką od spodu.

I znowu zbliża się nagroda, tym słodsza, że nie wiem za co, może za coś, co dopiero zrobię.

Kiedy Bartek bierze swojego macha, robi mi się jeszcze cieplej. Czuję, jak jego mózg robi się taki jak mój: wielki, miękki, rozkoszny i też zaczyna promieniować czymś w rodzaju miłości. Jeśli gówniarz zna takie uczucia. A zresztą, jeśli ich nie zna, teraz je pozna.

Wracamy do mojego mieszkania, padamy na tapczan i kończymy naszą połówkę w luksusowych warunkach. To nie to, co pokątne jarania na różnych klatkach schodowych, jakie stałyby się udziałem Bartka, gdyby stracił dziewictwo z kimś innym.

Chłopiec wymiotuje milk-shakiem, zwisając z łóżka. Czuwam nad nim, podczas kiedy on po raz pierwszy w swoim życiu pogrąża się w tej cudownej ciepłej zupie. Można to nazwać zupą żółwiową, bo takie jest dobre. I takie leniwe.

Cichutko, żeby go nie zbudzić, rozkładam sobie folię. Kładę na nią następną porcję, jakieś trzy godziny. I spalam ją za jednym zamachem.

To cudowne, kiedy jesteś tak totalnie szczęśliwy i spokojny, że nie czujesz nawet podniecenia przed nadchodzącą następną falą rozkoszy. Bierze cię wtedy zupełnie nieprzygotowanego. Jak cegła, która spada na głowę.

Wreszcie przypominam sobie dokładnie, co robię dobrego. Opiekuję się Bartkiem. Próbuję go wziąć na ręce, aby zanieść przez miasto do jego willi i do jego matki. Chcę jej go pokazać i powiedzieć, co mu grozi.

Ale kiedy tylko wsadzam mu dłonie pod plecy i nogi, podnosząc go na kilka centymetrów w górę, on okazuje się potwornie ciężki, tym słodkim, heroinowym ciężarem. Znowu padam na tapczan obok niego. Zbieram się, żeby spróbować ponownie, ale coraz bardziej kręci mi się w głowie po tym wysiłku i przysypiam. Ale nadal szukam Bartka. Znajduję ludzi w strojach wieczorowych, którzy chodzą w kółko po sali stołówkowej. Podchodzi do mnie jakiś pan w smokingu i mówi: — A mną to się proszę zupełnie nie przejmować — i jeszcze przed końcem tego zdania znika. Pozostali zaczynają recytować wierszyk o chochlach i redukują się do postaci małych zamrożonych krasnoludków. Żeby ich z powrotem powiększyć, trzeba byłoby ich rozmrozić, ale lepiej, żeby byli zamrożeni, bo w ten sposób łatwiej jest w nich przebierać.

Wreszcie widzę Bartka. Leży na łóżku, zrzucił z siebie kołdrę, a na sobie ma tylko t-shirt. Zbliżam się do niego i ze wszystkich hieroglifów, w jakie może wygiąć się moja postać, staram się znaleźć najbardziej pasujący do Bartka. Tak, żeby owinąć się dookoła niego, otulić go własnym ciałem.

Oczywiście, nie obudzę go. Moje pieszczoty uspokajają, a nie podniecają, moje pocałunki są bardzo delikatne, łagodne. Mam taki dar, że tam, gdzie całuję, nie powstają żadne ślady i nic nie podrażnia nawet tak wrażliwej istoty jak Bartek. Co więcej, pod moimi ustami znikają drobne zaczerwienienia i siniaczki, które znalazłem u niego na udzie. Szukam najbardziej wrażliwych punktów do muskania, aby jeszcze bardziej je odświeżyć. Chłopiec nie pojękuje ani nie kręci się. Każdy mój pocałunek pozostawia mu na ciele małe źródło ciepła, które Bartka delikatnie rozgrzewa. Chucham mu też w odbyt, jak w balonik, żeby wypełnić go od środka tym, co jest lepsze niż jakiekolwiek inne przeżycie. Jeszcze nigdy nie był tak bezpieczny. To coś więcej niż szczęśliwe przeżycia z okresu niemowlęctwa. To coś, czego każde ludzkie niemowlę potrzebuje i nigdy nie dostaje, nawet gdy jest duże.

Obejmuję Bartka, zamykam oczy i spokojnie przypominam sobie wszystko, co się dzisiaj działo.

Rano leżałem w wannie i zastanawiałem się nad tym, dlaczego moje życie jest tak niesamowicie przyjemne. I doszedłem do wniosku, że jest tak dobrze, bo robię rzeczy niemożliwe. W trzy miesiące wymyśliłem nową naukę i jeszcze sprzedałem ją w telewizji. Kiedy inni ludzie myślą o głupotkach, ja na przykład potrafię wymyślić dla zabawy nowy język, i to maksymalnie skomplikowany. Zażywam najmocniejszy, najbardziej niebezpieczny narkotyk, a jakoś się nie uzależniłem, bo jaram tylko w dni wolne od pracy.

Po tych wnioskach jakoś płynnie, jeszcze z wanny, zadzwoniłem do tajskiej restauracji po jedzenie. Umówiłem się też z dilerem na wieczór, żeby był pod ręką. To w ogóle dobry chłopiec, ten z podciętym kciukiem, o ile nie jest za bardzo trzeźwy.

Postanowiłem też, że zajaram dopiero o dziewiątej wieczorem. Taka mała próba woli. Nic do wytrzymania dla psychicznie uzależnionych, ale dla mnie prosta sprawa. Miałem przecież wino.

Kiedy jedzenie przyjechało, dałem Tajowi kasę. Było to wszystko, co akurat miałem w kieszeni, ale mój oddział banku był blisko. Aby skumulować przyjemności, odkorkowałem butelkę i włączyłem telewizor, a wtedy pojawił się Niemiec w konfetti. Jadłem słynny tajski makaron z krewetkami, a potem, upijając się powoli, kaczkę w czerwonym curry, zupełnie inną niż po tonkińsku. I pokonałem kolejną granicę niemożliwości, bo zaczęły podobać mi się słowa piosenki o dziewięćdziesięciu dziewięciu czerwonych balonach. Czułem, że zbliżają się i nabrzmiewają jakieś wydarzenia, coś w rodzaju tego, co się działo z balonami, choć dokładnie nie wiem, co to było.

Kiedy wszystko już zostało zjedzone, wyszedłem na balkon, a potem wróciłem. Ani tu, ani tam nie podobało mi się. Zdałem sobie sprawę z tego, że się nudzę. Było to coś, na co absolutnie nie mogłem sobie pozwolić, zacząłem więc wymyślać system filozoficzny, z którego wynikało, że człowiek jest odbytem wszechświata. Oczywiście, do podobnie brzmiących konkluzji doszło już wielu filozofów, a szczególnie teologów, którzy utrzymywali, że dusza ludzka jest ponurą kloaką. Oni wszyscy jednak rozumieli to jako kwestię moralną, podczas gdy mi chodziło o bardziej prostą techniczną sprawę. Wyobraziłem sobie, że wokół człowieka jest więcej rzeczy, niż widzi i kiedykolwiek będzie mógł zobaczyć. Niektóre z tych rzeczy trwają, inne się pojawiają, jeszcze inne znikają. A wszystko to, co ludzie widzą, jest tym, co właśnie we wszechświecie znika. Ludzka świadomość jest procesem niezbędnym do tego, żeby niszczyć rzeczy. Po to powstała, po to istnieje człowiek. To, co my uważamy za postrzeganie, jest likwidacją. Pod przemożną siłą naszego wzroku znika wszystko, jedne rzeczy prędzej, inne później. Ale nie ma nic, czego nasz wzrok by nie zniszczył. Dlatego w tym, co wokół siebie widzimy, nie ma ani jednej rzeczy naprawdę trwałej. Naprawdę trwałe, ważne rzeczy są niedostępne. Właściwie odbyt to było złe słowo w odniesieniu do świadomości człowieka, lepszym określeniem byłoby „niszczarka".

W godzinę później wymyśliłem dla odmiany historię półwyspu, na którym istniało coś w rodzaju starożytnego, ale bardzo rozwiniętego państwa. Stworzyłem różne partie i frakcje, co skończyło się wyludnieniem całej krainy. Ale kiedy do tego doszło, okazało się, że za oknem wreszcie jest ciemnawo. Było koło ósmej. Pomyślałem, że dosyć jałowych igraszek. Jeśli chciałem zajarać o dziewiątej, musiałem zacząć działać.

Sięgnąłem po komórkę i przypomniałem sobie, że wydałem całą kasę na tajskie żarcie. Karty do bankomatu nie miałem, żeby nie przepieprzać za dużo pieniędzy wieczorami. A banki były już zamknięte. Świadomość tego jakoś mi umknęła, bo bardzo oddałem się torturowaniu pewnego Białego Kapłana z mojego półwyspu.

Usiadłem na kanapie i zacząłem wysilać mózg w sposób równie, a może nawet jeszcze bardziej intensywny niż poprzednio. I doszedłem do jedynego słusznego wniosku, że trzeba kogoś naciągnąć. Łatwiej jest naciągnąć na wspólne jaranie niż pożyczyć od kogoś kasę.

Żeby było jeszcze weselej, ludzie znowu mnie ścigali.

— Cześć. Chcę wiedzieć, czy... czy może się jakoś spotkamy i czy jeszcze o mnie pamiętasz.

To brzmiało niedobrze. Nie wolno zostawiać takich wiadomości, w których zawarte jest oskarżenie. Adresat nie może odpowiedzieć na nie od razu, gdy ich słucha. Musi chodzić z tak zwanym piętnem winy, dopóki nie oddzwoni.

— Cześć, Tomek, chciałam się dowiedzieć, czy może wpadniesz do nas w niedzielę na obiad. Ojciec wraca z Budapesztu i...

Ten komunikat był o wiele mniej nieprzyjemny, był prawie neutralny, budził nawet miłe literackie skojarzenia typu obiad, opowieści z podróży. Jeśli się chce, żeby ktoś coś zrobił, trzeba go zachęcić. Choć oczywiście mojej matki nie można stawiać za wzór we wszystkim. Zaprasza w miły sposób na posiedzenia, ale te posiedzenia wypełnione są bardzo niemiłymi historiami z jej dzieciństwa.

— Cześć, Tomek, tu Przester. Jest impreza na Brodatego. Wpadnij, może coś się zdarzy.

— Cześć, Tomek, tu Bartek. Słuchaj, czy nie mógłbyś załatwić wiesz czego? Nie mam dojścia.

Obdzwoniłem wszystkich znajomych, oczywiście oprócz Bartka, ale wszyscy udawali, że nie mają kasy. Na pewno ją mieli, zbyt wyraźnie wymawiali spółgłoski. Przester dodatkowo był tak nakwaszony, że gadał tylko na temat wydajnego pytajnika i aborcji, której rzekomo dokonał na bałwanicy śnieżnej. W innej sytuacji może i dałbym się wciągnąć w taką konwersację. Była to jedna z tych rozmów, w których nie było żadnych emocjonalnych pułapek. Ale kurewsko się spieszyłem tym razem.

Logicznie byłoby zadzwonić do Gabriela, ale po tym wszystkim, co wygadywałem na chrzcinach, trochę się wstydziłem. W końcu postanowiłem, że zadzwonię do Bartka. Na szczęście odebrał on, a nie jego matka, bo musiałbym z nią przez pół godziny narzekać na korupcję w urzędach centralnych.

— Cześć, Bartoszku — zacząłem.

— Cześć, Tomaszku. — Od razu wyczuł, co się dzieje, i zaczął się spoufalać.

— Nie, nie, nie możesz tak do mnie mówić, Bartoszku. To ja mogę tak ciebie nazywać, bo jestem o dziesięć lat od ciebie starszy, więc powinieneś okazywać mi szacunek, jeśli chcesz być młodzieńcem dobrze ułożonym.

— Chyba ułożonym na tobie.

Bestyjka chciał powiedzieć, że może się na mnie położyć. Takie małe dwuznaczności potrafią osłodzić rozmowę, nawet gdy człowiek chce jak najprędzej przejść do sedna.

— Słuchaj, maskotko Lucyfera. — Ale byłem wygadany. — Chcesz sobie tralala?

— Tak to się teraz nazywa?

— Tak, a w przyszłym tygodniu będzie się nazywało pocieraniem łechtaczki. — Miło było, ale dosyć. — Jeśli chcesz się zabawić, mogę ci to załatwić, ale pod jednym warunkiem. Całą zabawę finansujesz ty.

— Oj, a nie możemy się złożyć?

— Złożyć to się może scyzoryk. — Znowu mi się udało.

— Ale ja nie mam tyle kasy.

— To skombinuj. Ja już nie pamiętam, jak to się robiło, kiedy się było gówniarzem, ale zawsze można wziąć od mamy na kino dla siebie i przyjaciółki. Niektóre mamy lubią, kiedy synek ma przyjaciółkę, chociaż może akurat nie jest to przypadek twojej mamy. A w ostateczności można wziąć od mamy, nie mówiąc jej o tym.

— Yyyy. — Najwyraźniej kiedy Bartek myślał, jego twardy dysk wydawał z siebie taki odgłos.

— Zadzwoń, jak będzie kasa. W ciągu piętnastu minut. Jutro ci zwrócę, jak pójdę do banku.

Czekałem piętnaście minut. Potem dwadzieścia. Potem zadzwoniłem i znowu odebrał Bartek.

— No i co?

Zaśmiał się w odpowiedzi.

— Wiedziałem, że to ty. Wiesz, mama sama poszła z panem Darkiem do kina i na kolację. Ale zawsze w którymś płaszczu zostawia trochę kasy, bo zapomina.

— I co, będzie na ćwiartkę?

— Na połówkę.

Szeregowy Bartoszek ma się tylko stawić na przystanku autobusowym. Szybko, za dwadzieścia minut, bo szeregowy Bartoszek ma kwaterę bardzo blisko, w dzielnicy willowej, w której mieszkali kiedyś moi rodzice. Stąd zresztą znam Bartka i jego matkę. Jestem, że tak powiem, przyjacielem domu. I właściwie jest to słuszne, że mnie przypadnie rola tego, który wprowadzi chłopca w dorosłe życie. Lepiej, żeby zrobił to ze mną niż z jakimś pokątnym śmietnikowo-podwórkowym dilerem. Zrobi to dobrym braunem i niejako w uznany towarzysko sposób, na czym chyba i jemu zależy.

Bartek nadszedł środkiem ulicy, a w świetle latarni jego ciemnoczerwony rumieniec wydawał się prawie fioletowy. Przejąłem kasę, zadzwoniłem do dilera, który poprzednio załatwił mi ten mocny, żółty towar, a on umówił mnie ze swoim głównym dostawcą. Wyznaczyliśmy miejsce spotkania pod Burger Kingiem, gdzie od razu pojechaliśmy autobusem. Byłem tak podekscytowany, jak gdybym to ja miał zajarać po raz pierwszy. Usadziłem za stołem Bartoszka razem z wielkim milk-shakiem, który pochłonął jego uwagę. Przez chwilę rozumiałem, dlaczego niektórzy ludzie chcą być ojcami.

Kiedy przede mną zatrzymał się czarny mercedes klasy M, wsiadłem do środka. I tu czekała mała niespodzianka, bo gangster, łysy i wielkooki, znał mnie z telewizji i chciał, żeby mu powiedzieć, jak można rozpoznawać ludzki charakter. Wpatrywał się przy tym we mnie, jak gdyby próbował coś odczytać z ruchu moich ust. Zaproponowałem mu, żeby wziął sobie u mnie specjalny kurs i zostawiłem mój telefon. Potem wróciłem do Bartoszka. Prawie spodziewałem się, że będzie majtał nogami.

Nie robił tego, bo nogi miał za długie — ma w końcu szesnaście lat — ale wypił już całego milk-shake'a i z rurki zrobił coś w rodzaju ukwiału. Poszliśmy do kibla w Burger Kingu, przeciskając się między łysymi dziećmi skurczonymi wokół monitora, na którym co chwila rozpłaszczała się jakaś zakrwawiona twarz. Z tamtej strony ekranu, oczywiście.

Gdy byliśmy już w kiblu, pokazywałem Bartkowi, jak się powinno wygładzać folię na kafelku oraz sypać brauna, i nagle znowu poczułem się młody. Oczywiście jako mentor, a może nawet i nestor, zapaliłem pierwszy.

Od razu panuje przyjemna, ciepła atmosfera. Bartek kończy folię i widać, że już mu trochę lepiej.

— Podsyp jeszcze — prosi z uśmiechem.

— Dobrze, ale musisz wykonać jakieś inne polecenie. Wsadź teraz sobie dwa palce z obu rąk do nosa, a dwa inne — do uszu.

Bartek waha się przez chwilę. Potem wykonuje polecenie, upodobniając się do wiedeńskiego precla. Posłuszeństwo jest już dla niego obojętną zabawą, która — jako obojętna — może go nawet napawać cudownym heroinowym spokojem. Dostaje następnego macha, którego oczywiście nie utrzymuje do końca, więc przedmuchuje mi resztkę dymu w usta, przez rurkę.

Teraz powinienem zamknąć oczy i poświęcić się całkowicie ciepłej ciemności, ale jakoś nie bardzo mogę, jak gdyby coś mnie tutaj trzymało i wciąż interesowało. Może za bardzo się koncentruję na musztrowaniu Bartka. To zbyt trzeźwa przyjemność. Lepiej się skoncentrować na tym, co jest naprawdę dobre, i jak najmocniej uszczęśliwić chłopca. Muszę się nim opiekować bardzo intensywnie i ciepło. Przecież przez ten tydzień mam mu zastępować mamę.

Dlatego biorę jeszcze pięć supermocnych machów. A kiedy wreszcie robi się zupełnie miło, zamykam oczy i widzę cudownie obojętną kulkę.

Przez ostatnie dni musiałem być bardzo trzeźwy. Wszystko zaczęło się chyba w poniedziałek. Obudziłem się o dziesiątej rano, a Bartek klęczał koło mojego łóżka i zmywał gąbką mokrą plamę z prześcieradła. Była to gąbka, której używam zwykle do kąpieli, więc chciałem mu coś powiedzieć. Ale on zobaczył, że się obudziłem, popatrzył na mnie, na plamę i zarzygał to, co przed chwilą zmył.

Cały dzień był przed nami. A właściwie przede mną, bo po zbliżeniu z Bartkiem higienicznie było trochę od siebie odpocząć. Bartek chciał wracać do domu. Bał się, że matka odkryje zniknięcie pieniędzy. Chciał jak najszybciej wsadzić je tam, gdzie były, błagał więc, żebyśmy poszli po kasę do banku.

Do tego jeszcze koszmarnie wyglądał. Przypominały się opowieści Przestera o embrionie bałwanicy śnieżnej: Bartoszek był biały, chodził w przykurczu, a twarz spuchła mu tak, że prawie nie widać było oczek.

Oczywiście, poszliśmy do banku. Ale dopiero po godzinie, bo przedtem ciągle zbyt dobrze się czułem. A gdy dotarliśmy wreszcie do mojego oddziału, Bartoszka czekała następna próba: czekanie w kolejce, co dla człowieka w klimacie zejściowym jest doświadczeniem ekstremalnym.

Wreszcie dostał pieniądze. Dostał i poszedł sobie, a ja udałem się na śniadanie złożone z serków o wielu zaletach spożywczych i wymiotnych.

Mniej więcej w pół godziny później leżałem na łóżku. Trawiłem, a właściwie gościłem w sobie cały ten nabiał, który wcale nie chciał rozpuścić się w moim organizmie. Nagle zadzwoniła komórka, której nieopatrznie nie wyłączyłem.

To była mama Bartka, która najpierw zawyła — cicho, ale na tyle wyraźnie, żebym skurczył się ze strachu — a potem poprosiła mnie o pomoc, bo odkryła, że syn okradł ją i przez całą noc coś zażywał. Chciała, żebym do nich przyszedł i pomógł jej się zorientować, co to mogło być, bo syn nie chciał z nią rozmawiać. Obiecałem, że zaraz wpadnę.

Oczywiście, natychmiast potem zwymiotowałem. Strach sparaliżował mnie tak, że nie przyszło mi do głowy, jak tu by się wykręcić. Ona chyba nic nie wiedziała, ale Bartek przecież w każdej chwili mógł nadać, że to ja z nim ćpałem, tym bardziej gdyby mnie zobaczył w roli antynarkotycznego Supermana, przyjaciela domu. Wyłączyć telefon, zniknąć na parę dni z mieszkania i zaszyć się w jakiejś ćpającej piwnicy na mieście — to wydało mi się jedynym rozsądnym rozwiązaniem. Po paru strasznych chwilach doszedłem jednak do wniosku, że lepiej pójść tam, zorientować się, jak się rzeczy mają, a potem ewentualnie coś chachmęcić. Tak mogło być bezpieczniej, niż gdybym pozostawił te sprawy ich własnemu biegowi.

Telefon znowu zadzwonił. Chcąc nie chcąc, zapytałem „Halo?", i w słuchawce rozległy się szlochy, bo tym razem dzwonił Bartek. Matka zamknęła go na piętrze i wyszła po tequilę dla mnie, bo chciała ze mną roztrząsać problem nałogu syna w zdrowej alkoholicznej atmosferze. Zamknięcie wstrząsnęło Bartkiem, który od bardzo dawna nie był w żaden sposób ograniczany fizycznie. Jeszcze bardziej wstrząsnęło nim to, że matka — kulturalna i wykształcona kobieta — dała mu w twarz. Bartek strasznie nalegał, abym przyszedł, jak gdyby mogło go to przed czymś uchronić.

Usiadłem na moim rozkładanym łóżku i zacząłem medytować nad całą sytuacją. To wszystko wyglądało na jakąś perfidną pułapkę. Bartek i jego mama pamiętali, że miałem kiedyś upodobanie do dobrych alkoholi. Znali też mnie trochę i wiedzieli, że opowieść o zamkniętym na strychu i policzkowanym nastolatku, najlepiej płci żeńskiej, ale także męskiej, mogła być dla mnie czymś atrakcyjnym. Może już się pogodzili i próbowali mnie ściągnąć do siebie, bo tam czekał ten pan Darek, przyjaciel mamy Bartka, z jakimś drągiem. Albo z policją.

Wyszedłem z domu jak najszybciej, a potem okrężną drogą ostrożnie pobiegłem w stronę dzielnicy willowej. Pod domem matki Bartka nie było nic niepokojącego. Żadnej policji ani radiowozu, ani nawet cywilnego samochodu marki Polonez albo Opel, niczego, co mogłoby sugerować, że gdzieś kręcą się państwowi bandyci, *los bandidos del gobierno*, jak mawiał Gabriel.

W oknie pokoju na drugim piętrze zamajaczyła za to blada twarz przyklejona do szyby. Okno się otworzyło i ukazał się Bartek, zapłakany w sposób widoczny nawet z tej odległości. Patrzył w dół. Pewnie szukał dróg ucieczki. Oczywiście, nie odważył się skoczyć.

Ulicą zbliżała się toyota corolla, więc odruchowo schowałem się za wielki metalowy cylinder, który pełnił funkcję pojemnika na śmieci. Toyota zatrzymała się pod domem. W środku widać było głowę mamy Bartka z długimi rudymi włosami. Pilotem otworzyła bramę i wjechała na podjazd. Kiedy brama już się za nią zamknęła, wysiadła, pobrzękując chyba nie tylko kluczami, co mogło znaczyć, że tequila naprawdę została kupiona. Otworzyła drzwi i zniknęła, zamykając je za sobą głośno. Ten odgłos przypomniał mi o suchych trzaskach, z jakimi ręka matki musiała spadać na wiśniowy policzek chłopca.

Przeszedłem powoli przez furtkę i już miałem wcisnąć przycisk dzwonka, kiedy nagle drzwi otworzyły się gwałtownie i wypadł z nich Bartek, rzeczywiście z silnym rumieńcem. Wypadł niefortunnie, bo prosto w moje ręce. Złapałem go, a on popatrzył na mnie z takim wyrazem twarzy, że przypominał mi świnkę morską. Miałem jedną, gdy byłem mały.

Złapałem go za ramiona, ale strasznie się wyrywał. Za chwilę z domu wynurzyła się matka Bartka.

— Ty diable, ty diable! — krzyczała i w pierwszej chwili wziąłem to do siebie. Ale na szczęście krzyczała tak do swojego syna.

— No, panie Tomku, w samą porę — wydyszała. — On mnie popchnął na schodach i zaczął uciekać! Swoją matkę popchnął, no niech pan powie, panie Tomku, jakim to trzeba być zwierzęciem, jakim degeneratem, żeby pchnąć na schody własną matkę.

— Ty mnie uderzyłaś! Ty jesteś psychiczna! — zawył Bartek. Razem z matką zaciągnęliśmy go na drugie piętro willi, chociaż czepiał się poręczy na schodach i matka musiała odrywać jego palce od słupków drewnianej balustradki.

Kiedy znaleźliśmy się na tym ascetycznym strychu, gdzie było tylko drewno i materac, kobieta znowu dała w twarz Bartkowi, tak że cały policzek zrobił mu się już nie wiśniowy, a prawie brązowy. A ja zacząłem coś, co potem okazało się moją wielką przemową.

Nie mogę jej teraz streścić, bo zacząłem ją zapominać, jeszcze zanim skończyłem, tak byłem wzburzony. Pamiętam, że oskarżałem. Nie dlatego, żebym tak wczuł się w rolę antynarkotycznego przyjaciela domu, ale dlatego, że chciałem zatkać usta Bartkowi. Za każdym razem, kiedy on je płaczliwie otwierał, mógł powiedzieć matce, że to ja mu załatwiłem towar. Dlatego kiedy zdawało się, że chce coś powiedzieć — a co chwilę chciał — zarzucałem go następną porcją wyrzutów i oskarżeń. Nie umiałbym ich teraz przytoczyć, mogę tylko powiedzieć, że moja kreatywność pod tym względem zaskoczyła nawet mnie samego. Pamiętam, że analizowałem nawet najdrobniejsze szczegóły jego zachowania i z każdej takiej analizy wynikało, że jest gnidą ludzką. Używałem tego określenia „gnida ludzka", bo kiedy byłem młodszy, usłyszałem je z ust mojego ojca, domyślałem się więc, że musi robić dobre wrażenie na matce Bartka. Ona należała do prawie tego samego pokolenia co mój ojciec.

W końcu jednak zadyszałem się, jak to bywa następnego dnia po heroinie, no i Bartek mógł przemówić. Ale on tylko otworzył usta i rozpłakał się, a ja poczułem coś, co chyba tylko Bóg mógł czuć pierwszego dnia stworzenia. Ćpałem z dziećmi i równocześnie pomagałem je chronić przed nałogiem. I nikt nie był w stanie nawet mnie oskarżyć. Naprawdę mogłem robić wszystko.

Wtedy odezwała się matka:

— Panie Tomku, do niego to można mówić i mówić. Trzeba go znowu zamknąć, bo będzie próbował uciec.

— Nie!!! — krzyknął Bartek. Złapaliśmy go pod ramiona i zaczęliśmy taszczyć w stronę bocznego pokoju, z kluczem w drzwiach. Wtedy chłopak ugryzł mnie w rękę i duży glut krwi rozmazał mu się na policzku, jak gdyby Bartek nie był już dość czerwony. Zacząłem mówić, żeby się uspokoił. I że pomogę mu poradzić sobie z tą trudną sytuacją, w której się znalazł. Chyba zrozumiał i jeszcze mi wierzył, bo wciąż mnie nie nadał.

Szamotanina trochę potrwała, bo trzeba też było zabrać aparat telefoniczny z pokoju. Gdy tylko drzwi się zamknęły za Bartkiem — a ściślej: ja zdrową ręką zamknąłem je na klucz — jego matka złapała moją dłoń i zaczęła oglądać.

— No — powiedziała — nic panu nie będzie. Wystarczy posypać solą, wycisnąć cytrynę i polizać. I się zdezynfekuje.

— A może by polać tequilą? — zapytałem.

— Nie ma co marnować — odpowiedziała. — Jak sobie pan wypije, a potem poliże, to zostanie tyle alkoholu na języku, żeby już to dokumentnie zdezynfekować.

— Ale wie pani co, może nie powinniśmy pić, żeby nie dawać mu złego przykładu.

— Nie — potrząsnęła rudą szopą na głowie. — Muszę się na chwilę oderwać od tego nieszczęścia. I niech on słyszy, że się nim nie przejmuję. Może to mu da do myślenia.

Zeszliśmy na niższe piętro, gdzie ona zaczęła kroić cytrynę i przygotowywać sól. Potem pomazała sobie rękę cytryną i posypała solą. Ponieważ chyba jakoś tego ode mnie oczekiwała, ja zrobiłem to samo, choć kurewsko mnie bolało ze względu na rankę. Potem przyszło mi do głowy, że mogłem to sobie zrobić na drugiej ręce, ale ona chyba oczekiwała, że zrobię to tam, gdzie mnie bolało.

Wypiłem i polizałem. Zapach tequili przypomniał mi dzieciństwo, ponieważ tak pachniały kaktusy, które moja babka hodowała na parapecie, pod którym spałem. Po chwili poczułem alkohol w żołądku i cała sytuacja zaczęła mnie jeszcze bardziej podniecać. A matka Bartka znowu zaczęła oglądać moją rękę. Potem odwróciła mi dłoń spodem do góry i wpatrzyła się w nią tak, aż jej wzrok zaczął mnie fizycznie łaskotać.

— Czy ktoś już kiedyś wróżył panu z ręki? — zapytała. — To pewnie dla pana zabawne. Bo to zawsze pan mówi ludziom, jacy są. Pańska linia życia jest krótka, ale podwójna — zaczęła i od razu się zdenerwowałem. Za sprawą tej podwójnej linii życia mogło jej teraz strzelić do głowy, że jestem na przykład dwulicowy. — Podwójna linia życia może znaczyć, że będzie pan żył krótko, ale intensywnie i ciekawie. Bardzo interesujące, że w pańskim życiu nie ma kobiet. A jeśli nawet są, nie są najważniejsze. Linia życia dąży do Wenus, ale przed nią się rozdwaja na dwie zupełnie różne linie. Czyżby z miłości miała w pańskim życiu zajść wielka zmiana? Mam nadzieję, że nie zmieni pan płci.

No, gdybym to zrobił, to już byłbym chyba absolutnym mistrzem świata — pomyślałem, podczas kiedy ona dalej wgłębiała się w moją osobowość, a właściwie w rękę.

— Pan ma skłonność do przelotnych, ale silnych kontaktów. Do mocnych, ale ulotnych przyjemności. Pan jest mężczyzną, za którego żadna kobieta nie powinna wyjść za mąż. Największy pożytek, jaki z pana może mieć kobieta... — i tu się zatkała na chwilę, a potem polizała mi rankę. Zapiekło, może dlatego, że miała resztki soli i alkoholu na języku. Patrzyłem na nią szeroko otwartymi oczyma, ale po wszystkim, co się stało, byłem zbyt zmęczony i rozlazły, aby zareagować. Ona wylizała mi linię życia i possała znowu rankę, popatrzyła w oczy i znowu zaczęła ssać. Potem zbliżyła się do mnie całym ciałem. A ja dopiero wtedy zrozumiałem, co się dzieje.

Od razu poleciała ze mną w bardzo mocny, kaktusowy pocałunek. Ciągle kołowało mi w głowie i być może trochę się przestraszyłem, ale jakoś od tego jeszcze mocniej ją przycisnąłem i zaskoczyło mnie, że jest aż tak gorąca. Żadna z moich rówieśniczek, z którymi dotąd byłem w łóżku, nie miała takiej temperatury. Żadna z nich nie była też taka miękka.

Dobrze — pomyślałem. — Zaraz będę uprawiał seks z przyjaciółką moich rodziców — i szczęśliwy dreszczyk przeleciał przez całe moje ciało, bo uświadomiłem sobie, jaki ten świat jest dobry, jakie wspaniałe w nim niespodzianki czekają ludzi, jeśli, na przykład, od dawna znane panie okazują się takie ciepłe i namiętne. I to właśnie wtedy, kiedy jestem osłabiony i potrzebuję, żeby w kimś się na chwilę roztopić.

Głaskałem ją po całym ciele, a kiedy ona poczuła, jaki jestem podniecony, złapała mnie za fiuta i zawlokła do łóżka, gdzie zerwałem z niej majtki, a ona na mnie usiadła i przez następne trzydzieści minut kochaliśmy się tak, jakbyśmy chcieli się zabić. W końcu ona, gdzieś już zupełnie pod sufitem, zawyła: — Nie, to niemożliwe. — W pierwszej chwili przestraszyłem się, że się czegoś domyśliła na temat mojego ćpania, ale zaraz potem zrozumiałem, że to długość i intensywność naszego zbliżenia tak się jej spodobała. Po heroinie traci się zdolność do uprawiania seksu, ale najpierw objawia się to tylko niemożnością osiągnięcia wytrysku. Moja połowiczna impotencja zrobiła ze mnie supermężczyznę.

Potem, kiedy leżeliśmy obok siebie w ciemności, powoli zacząłem roztrząsać całą tę sytuację, w jakiej się znajdowałem. Ćpać z gówniarzem, a potem go nawracać, wspomagać jego matkę w karaniu, a potem fizycznie ją pocieszać. Tego na pewno jeszcze nikt nie zrobił. Oczywiście, akcję seksualną musiałem wykonać przede wszystkim dla bezpieczeństwa. Żeby maksymalnie zbliżyć się do matki Bartka. Tak żeby jak najbardziej mi ufała. Żeby nie uwierzyła w ewentualne oskarżenia pod moim adresem, które zawsze się mogły pojawić. A poza tym, gdybym tej akcji nie wykonał, musiałbym zrezygnować z wyjątkowego, nietypowego moralnie doświadczenia.

— Nie wiem, co zrobić z Bartkiem — szepnęła nagle. — I musiał mi to zrobić właśnie w takim momencie. Pojutrze muszę jechać do Czech na tydzień, mam coś w rodzaju negocjacji. Nie mogę się zwolnić, przygotowywałam się przez cały tydzień, wspólnik mnie nie zastąpi, bo teraz nie będzie tak szybko gotów. Powinnam zrezygnować, ale to by znaczyło, że stracę masę pieniędzy, możemy nawet zbankrutować. A dom jeszcze nie jest spłacony. Nie wiem naprawdę, co zrobię, jak się znajdę bez domu, bez pracy i z synem narkomanem.

Przestała mówić na chwilę, jak gdyby na coś czekała. Ale najwyraźniej to, na co czekała, nie nadeszło, więc znowu zaczęła.

— Jesteś jedynym człowiekiem, któremu w tej sprawie mogę zaufać. Zrobisz coś dla mnie? I dla niego. Zamieszkaj tu i przypilnuj go. Dam ci pieniądze na niego i klucze. Naprawdę bardzo byś mi pomógł i jemu też.

W tym momencie rozległ się dziwny, metaliczny trzask w sąsiednim pokoju. Drzewo za oknem w ogrodzie potrząsnęło wielkim kudłatym łbem, jak gdyby mu się to wszystko nie podobało. Podskoczyłem na równe nogi i matka też.

— Boże, Bartek, nie rób tego! — krzyknęła przenikliwie i popędziła na strych naga, z dużymi, bujającymi się pośladkami. Ja też za nią potuptałem, nieśmiało, bo jają miałem na wierzchu.

Nie było się jednak czego wstydzić. Pokój Bartka był pusty, a trzaski wydawało otwarte okno, poruszane przez ciepły, wilgotny, wiosenny wiatr. Pogoda była bardzo heroinowa. Wyjrzeliśmy za okno, ale tam Bartka też nie było. Strych był na wysokości drugiego piętra, ale przecież blisko okna rosło wygodne, rozłożyste drzewo. Nie widzieliśmy go już, ale za rogiem słychać było kroki biegnącego człowieka.

Krzyczała chwilę, a potem cofnęła się, bo była naga, a sąsiedzi otwierali okna. Zaczęliśmy się pospiesznie ubierać, chociaż szanse dogonienia Bartka były coraz mniejsze, tym bardziej że słyszeliśmy przejeżdżający autobus.

— Znajdę go — powiedziałem. — Zadzwonię do paru znajomych, pojadę w te miejsca, gdzie spotykają się dilerzy.

Matka Bartka patrzyła na mnie ze łzami w oczach, kiedy się ubierałem. Nie wiem, ile w tym było wdzięczności, a ile strachu o syna. Niezależnie jednak od tego, moja reakcja była jedyną prawidłową. Trzeba, aby poczucie winy było w niej jak najmniejsze. Trzeba było utwierdzić ją w przekonaniu, że dobrze zrobiła, ciągnąc mnie do łóżka, bo ja zajmę się Bartkiem lepiej niż jakikolwiek ojciec.

Oczywiście, nie miałem najmniejszego zamiaru szukać Bartka. Ale naprawdę chciałem pojechać do dilerni, tej największej, jaką jest plac Konstytucji. I chciałem zadzwonić do znajomego, wprawdzie tylko jednego. Do dilera. A właściwie do jego brata, który czasami pośredniczył. Ale wdzięczność mamy Bartka była mi miła. Satysfakcję należy czerpać, skąd się da.

Co nie znaczy, że zamierzałem jarać. Ten niesamowity dzień, pełen zupełnie wyjątkowych akcji, domagał się oczywiście takiego ukoronowania. Ale, niestety, nie mogłem tego zrobić. Jutro miałem program i musiałem być w formie. Chciałem kupić sobie zapas na potem, bo potem miałem tydzień bez programów.

Dodzwoniłem się i od razu ucieszyłem, bo spółka diler plus brat dilera też miała supermocnego, żółtego brauna. Tak zwany brat Trogera zawsze miał to, co najlepsze na rynku.

Znałem brata Trogera od ostatnich świąt Bożego Narodzenia. Wbrew pozorom, brat Trogera nie był bratem dilera, tylko samym dilerem. Troger to była ksywa pewnego bardzo zatwardziałego narkomana, a brat Trogera to była ksywa jego brata, który był dilerem. Trogera znałem zawsze, a jego brata, jak już mówiłem, poznałem w specyficznych okolicznościach. Po rodzinnej Wigilii wybrałem się na Wigilię z przyjaciółmi, koło północy. Był tam Troger, Marek, Przester, oczywiście Gabriel, a także Mat, który tak jak ja był postacią telewizyjną. Z tą różnicą, że on był gwiazdą — może dlatego, że jest albinosem — i rozpoznawali go na ulicy, a ja ciągle jeszcze byłem mocno drugoplanowy. Na imprezę przywieźli go rodzice, również bardzo jasnowłosi, a w przypadku ojca nawet jasnobrodzi. Byli zachwyceni tym, że ich syn bawi się w tak mało destrukcyjny sposób. Bo wszystko działo się tuż zaraz po tym, jak całe nasze towarzystwo postanowiło, że już nie będzie więcej ćpać. Ja też tak postanowiłem razem z nimi. Oczywiście, zamierzałem dalej spokojnie sobie jarać, ale nie chciałem im o tym mówić. Nie chciałem im dawać niewłaściwego przykładu, bo podjęli słuszną decyzję. Ja mogłem sobie ćpać bez większej szkody, ale oni łatwo się uzależniali. No i na tej Wigilii bawiliśmy się przy winie i muzyce z lat siedemdziesiątych, bo taka była koncepcja cnotliwej imprezy, kiedy nagle zobaczyłem, że Mat i Gabriel wychodzą na klatkę schodową. Alarm w mojej głowie zajęczał. Po pierwsze, niedobre było to, że szli zajarać. Po drugie, niedobre było to, że nie dzielili się ze mną. Wybiegłem na klatkę, a tam już ich nie było. Nigdzie. Tylko na półpiętrze, przy wnęce okiennej, stał jakiś koleś z wielkim nosem. Nie znałem go zupełnie, ale zobaczyłem, że rozkłada folię na parapecie, więc zapytałem, czy nie dałby mi paru buchów. On zapytał, czy nie chciałbym od niego kupić ćwiartki. Kupiłem, wyjarałem, a zaraz potem znaleźli się Mat z Gabrielem, również ujarani jak nieboskie stworzenia. Okazało się, że wszyscy potraktowali postanowienie o abstynencji mniej więcej tak samo jak ja. A koleś z wnęki okiennej ujawnił się jako brat Trogera. Przyszedł z Trogerem na abstynencką imprezę, bo wiedział, że na takiej imprezie będzie największe ssanie. Zostawiłem mu wtedy mój numer telefonu. Bo on nie miał telefonu, ani komórkowego, ani stacjonarnego. Sam dzwonił do swoich klientów z automatów telefonicznych i pytał ich, czy nie chcieliby czegoś kupić. W ten sposób utrudniał policjantom ewentualną identyfikację oraz aktywnie tworzył popyt. Miał przed sobą wielką przyszłość w biznesie.

W autobusie zastanawiałem się nad tym, dlaczego wychodzą mi takie niesamowite rzeczy w życiu. I szybko zrozumiałem. Bo wszystko, co robiłem, robiłem ze spokojem. Zawsze starałem się zachować absolutny spokój. I pewnie dlatego odkryłem heroinę. Ona pozwala osiągać ten spokój w czystej, doskonałej postaci.

Kiedy dojechałem do placu Konstytucji, Troger i jego brat już na mnie czekali pod jednym z obelisków-kandelabrów. Brat był zawsze bardzo punktualny, a dla znajomych miał doskonały, bardzo mocny towar.

Dokonaliśmy transakcji i zaczęliśmy się rozglądać po wszystkich ciemnych kątach, bo Troger i jego brat chcieli zajarać, a ja, jako człowiek o wyjątkowo silnej woli, mogłem im prawie spokojnie pokibicować. W końcu tradycyjnie ruszyliśmy w stronę Burger Kinga. A tam zobaczyłem Bartka. Stał pod oświetloną witryną i najwyraźniej próbował nawiązać znajomość z czekającymi na dilera gówniarzami. Niestety, zauważył mnie od razu, a że po Trogerze widać było heroinę nawet z odległości kilometra, Bartek nie mógł mieć najmniejszej wątpliwości, co tu się święci.

— Tomek, proszę... — usłyszałem, kiedy przechodziliśmy obok niego. Ruszył za nami i kuśtykał. Musiał coś sobie zrobić przy skoku z okna na drzewo, bo z samego drzewa łatwo było zleźć.

— Bartek, idź. Już dosyć dzisiaj narobiłeś kiszki — powiedziałem. Troger i jego brat, najwyraźniej wkurwieni, ominęli Burger Kinga i przyspieszyli kroku w stronę Kruczej.

— Tomek, proszę — powtórzył Bartek, patrząc na mnie oczyma umęczonej gazeli i kuśtykając za nami w odległości pięciu kroków. Widziałem, że Troger i jego brat robią się niespokojni, więc wszyscy przyspieszyliśmy.

— Tomek, proszę — powtórzył Bartek, kiedy szliśmy Kruczą.

— Tomek, proszę — powiedział, kiedy byliśmy na placu Trzech Krzyży.

— Spadaj, chcę sobie z nimi spokojnie zajarać. Nic ci nie dam, bo obiecałem twojej matce, że cię będę pilnował — powiedziałem. Myślę, że to był dobry argument, chociaż kompletnie w niego nie wierzyłem.

— Tomek. Oni też na pewno mają jakieś matki — powiedział Bartek, pokazując Trogera i jego brata.

— Nieprawda — odpowiedziałem. I nawet miałem rację, bo nie mieli matek, tylko jedną matkę.

— Dobra, kurwa, daj mu zajarać, bo się nie odczepi — powiedział brat Trogera. — Też bym sobie zajarał, nie chcę, żeby coś takiego za mną chodziło i gadało.

— Dobra, dobra, i co, ja mam mu dać ze swojej części, żebyś ty miał spokój? — wiedziałem, że ten argument, nawiązujący do czegoś w rodzaju etyki kupieckiej, może przekonać brata Trogera.

— Tomek, daj mi, bo powiem matce, że ze mną jarasz — zaatakował wreszcie Bartek. Był nieobliczalny i chyba jednak trzeba go było dobrze przypilnować.

— Widzisz, musisz mu dać — powiedział brat Trogera.

— Ty mała kurewko — zaśmiałem się, choć trochę się bałem. — Nic matce nie powiesz, a wiesz dlaczego? Ona chce cię zamknąć w domu, jak wyjedzie do Czech. I wiesz, komu da klucz? Komu da pieniądze na życie? Mnie, żebym cię pilnował. Więc jak chcesz mieć zabawę przez ten tydzień, kiedy jej nie będzie, to siedź cicho, wróć ze mną do domu i bądź grzeczny, dopóki ona nie wyjedzie.

Miło było popatrzeć na szczery, choć trochę figlarny uśmiech, który zajaśniał na twarzy Bartka.

— Eee — zamruczał brat Trogera. — Myślę, że musisz coś jeszcze dokupić na ten tydzień. Żeby starczyło dla dwóch. Mama zrefunduje.

Następne dwa dni były bogate w wydarzenia. Na szczęście został mi tylko jeden program, bo potem zaczynał się tydzień, podczas którego moja stacja nadawała wyłącznie filmy, i to tylko poświęcone aniołom. Co ciekawe, ważne były tematy, a nie ich ujęcie. Na przykład mieli pokazywać *Life is wonderful*, a zaraz potem *Ostatnie kuszenie Chrystusa*, więc zapowiadała się niezła zabawa.

Przez ten czas, który dzielił mnie od początku Wielkiego Jarania, byłem bardzo, bardzo grzeczny. W przedświątecznym programie oporządziłem żonę urzędującego prezydenta. Powiedziałem jej, że jest psychicznym sobowtórem głównego konkurenta jej męża, co doprowadziło ją do histerii. Zauważyłem, że moi współpracownicy patrzą na mnie, jak gdyby się mnie bali, ale nasz główny dyrektor, zwykle przestraszony Francuz, bawił się dobrze.

Następnego dnia rano przyszedłem do domu Bartka. Nie zobaczyłem go od razu, bo był zamknięty w łazience — było to jedyne pomieszczenie bez okien. Matka Bartka siedziała w granatowym żakiecie przy stole i paliła. Zanim się do mnie odezwała, rzuciła na mnie jedno badawcze spojrzenie i znowu zrobiło mi się ze strachu gorąco w dupie. Ale ona chyba chciała tylko wiedzieć, czy nie wygadam Bartkowi, że ruchałem jego mamę. Pożegnała się ze mną serdecznie. Z synem nie. Nie odezwała się do niego, tylko powiedziała, żebym jak najrzadziej wypuszczał go z łazienki. Potem pomogłem jej znieść walizkę do taksówki i wreszcie nastąpił ten długo wyczekiwany moment, kiedy odjechała na lotnisko.

W łazience Bartek warował przy drzwiach, nasłuchując, czy nie wracam. Otworzyłem mu. Po kwaśnym, nerwowym uśmiechu można było się domyśleć, że już nie może wytrzymać. Jeszcze daleko było mu do tego, żeby się uzależnić fizycznie, ale nieuchronnie go to czekało. Tylko trening woli mógł go uratować.

— I co, masz braunika? — zapytał. Starał się być miły, choć ledwo nad sobą panował.

— Mam, ale widzisz, nachodzą mnie wątpliwości, czy mogę tak oszukiwać twoją mamę — odpowiedziałem. Oczywiście kłamałem, nie miałem żadnych wątpliwości, ale na chwilę wczułem się w sytuację człowieka, który ma. Poczułem się osobnikiem o silnych zasadach moralnych i sprawiło mi to ogromną przyjemność.

— Dobra, nie pierdol, podsyp — zajęczał Bartek.

— Oj, Bartoszku, widzę, że nie jesteś młodzieńcem dobrze ułożonym. Twoja matka powierzyła mi ciebie. Jestem od ciebie starszy. Jestem od ciebie silniejszy. Mam nad tobą władzę, bo mam klucze. No i mam towar. Z tych wszystkich przyczyn powinieneś okazywać mi szacunek. Uważaj, bo znowu możesz dostać po buzi. Albo nie dam ci brauna.

— Tomek, proszę cię, zapalmy teraz.

— Widzisz, jaki zrobiłeś się grzeczny? — kontynuowałem zwycięsko. — Zrobimy sobie teraz tutaj mały model świata przyszłości. Rządzą ci, którzy mają narkotyki. A ci, którzy nie mają, robią wszystko, żeby je dostać. Jeśli Bartek chce się ujarać, musi wypełniać polecenia. I to szybko. Bartek chce, żebyśmy zajarali? Bardzo dobrze. Teraz Bartek łapie się prawą ręką za lewe ucho, a lewą ręką za nos.

— Tomek, proszę cię.

— Nie chcesz zajarać? Bardzo dobrze. Zamknę się w łazience i wyjaram sam wszystko, do ostatniego ziarenka.

Bartek złapał się prawą ręką za lewe ucho, a lewą ręką za nos. Wyglądało to rzeczywiście dosyć pokracznie, ale kiedy to zrobił, moją duszę ogarnął ogromny, prawie heroinowy spokój. Rzeczywiście, nie ma rzeczy niemożliwych. Można zrobić wszystko.

— Bardzo dobrze — powiedziałem i wysypałem na folię trochę brauna, tak na dwa buchy. Zapaliłem pierwszy.

Od dymu kręci mi się w głowie, ale wciągam następną porcję i od razu rzucam na blachę kolejną grudę. Ciekawe, że gdy tylko pojawi się prawdziwe szczęście, od razu znikają myśli o różnych słabych, podejrzanych, a nawet okrutnych ludzkich przyjemnostkach.

Po pierwszym przyśnięciu i przebudzeniu, telefonicznie umawiam się z matką Gabriela na bardzo poważną rozmowę o synu i o niebezpieczeństwach, które mu grożą. Będzie też jego żona. Sam Gabriel jest na Akademii Sztuk Pięknych, na konserwacji sztuki, więc go w domu nie będzie. Zamawiam taksówkę. Jaram jeszcze jedną porcję brązowego proszku, żeby pozostać w formie aż do wieczora. Budzę Bartka, który od wczoraj znajduje się w rozkosznym półśnie. Daję mu trochę brązowego proszku, klucze i wysyłam go z powrotem do willi jego matki. Ma tam sobie jarać do wieczora, a potem wrócić. Jeszcze nie wie, że on też kiedyś zostanie uratowany. Na razie musi mi pomagać.

Jadę do domu Gabriela. To duży drewniany dom na skraju Puszczy Kampinoskiej, strasznie daleko, ale samochodem, a szczególnie taryfą, można dojechać szybko. Czuję coś takiego, co ludzie czują zwykle przed zwymiotowaniem, ale jest to bardzo przyjemne. Bo to, co chce się ze mnie wylać, jest bardzo dobre. Szczęście jest czymś wielkim, o wiele większym niż sam człowiek. I dlatego czasem może się z niego wylać.

Żona Gabriela, pulchna i zdenerwowana, wprowadza mnie do salonu. Tam, na fotelu pod ścianą, siedzi matka Gabriela, duża kobieta.

Za nią widać mahoniowe drzwi, które muszą prowadzić do jakiegoś innego pokoju. Ktoś szarpie je za klamkę z drugiej strony, ale są zamknięte.

— Puście mnie, puszczajcie — krzyczy bełkotliwy głos starej, chyba bezzębnej kobiety. — Puście, ja muszę wiedzieć, co się dzieje z Gabrielkiem.

— To moja matka, jego babcia — wyjaśnia matka Gabriela. — Nie powinna wiedzieć, bo się jeszcze bardziej zdenerwuje. Ale możemy mówić, jest prawie głucha, przez drzwi nie dosłyszy.

— Gabriel jest heroinistą — mówię.

Krzyk. To żona Gabriela krzyknęła i coś z tego krzyku dotarło jednak do babci za drzwiami, bo klamka zaczęła się ruszać jeszcze intensywniej, przy akompaniamencie bełkotu.

— Czy to znaczy, że on zażywa narkotyki? — pyta matka. Chyba zbladła, ale próbuje być spokojna.

— Niezupełnie. To znaczy, że jest uzależniony, prawdopodobnie fizycznie, od najmocniejszego narkotyku. Ja wiem o tym na pewno, ale jeśli chcecie się przekonać, zrobimy mu analizę moczu.

— To dlatego — mówi żona i zaczyna mówić o tym, jak budziła się w środku nocy, a Gabriela nie było w łóżku, chociaż wcześniej się z nią położył, tylko całymi godzinami siedział w łazience, a potem spał do jedenastej rano. I o tym, jak Gabriel przysypiał przy kolacji. I jak kiedyś zaraz po zjedzeniu zwymiotował obiad.

— Ja też to podejrzewałam — godzi się matka.

— Trzeba działać szybko — mówię powoli, uważając na każde słowo. Ale wszystko rozwija się doskonale, łącznie z wrzaskami babci. — Jestem jego przyjacielem. Znam się na problemie, bo, jak wiecie, jestem w pewien sposób psychologiem. W tej chwili tylko ja mogę mu pomóc. Dlatego proszę was o pomoc.

— O tak — ożywia się matka. — Niech pan nam powie, jaki on jest. Pan to umie.

Chcę jej powiedzieć, że nie używam mojej zdolności analizy w stosunku do osób bliskich. Albo że nie ma teraz na to czasu. Czuję jednak, że trzeba zrobić wszystko, aby te nieszczęśliwe kobiety nabrały do mnie zaufania.

— Gabriel ma specyficzne brzmienie głosu — zaczynam. — Ja osobiście nazywam je migdałowym. To znaczy, że głos pochodzi z gardła i jest tam dość silny, ale potem słabnie i jego część zostaje wypchnięta przez nos. Stąd drżenie. To znaczy, że Gabriel przeżywa silne emocje, ale bardzo się ich boi. Boi się, że mogłyby go doprowadzić do jakichś złych rzeczy. Dlatego w przesadny sposób okazuje uczucia pozytywne. Okazuje je wszędzie tam, gdzie nic nie czuje, bo boi się, że mogłyby się tam narodzić zupełnie inne, niepozytywne uczucia. Z tego strachu bierze się też tendencja do tego, aby wszystkie mało wyraziste momenty życia wypełniać czymś bardzo mocnym i przyjemnym. Jest to heroina. Silna wymowa zębowych „t", „d", „dz" i „c" przy jednoczesnym zwiększeniu nosowego timbru świadczy o tym, że Gabriel stara się wkładać pozytywne emocje osobiste także w sprawy zawodowe. Żeby Gabriel wyszedł z nałogu, po pierwsze, musi być pilnowany. Bo inaczej będzie brał. Po drugie, musi przejść terapię, która pomoże mu bez strachu przeżywać emocje, a przede wszystkim — brak emocji i doznań.

Kończę i czekam, która pierwsza potwierdzi.

— To wszystko prawda — mówi wreszcie matka.

— Tyle razy mu to mówiłam.

— A co trzeba zrobić teraz? — pyta żona.

— Wy sobie z nim nie poradzicie — odpowiadam. — Jeszcze mu ufacie. Poza tym rodzina, w której są starcy i niemowlęta, ma prawo do odrobiny spokoju. A Gabriel zrobi wam piekło, szczególnie jeśli jest uzależniony fizycznie. Ja mam wolne mieszkanie i wolny tydzień. Mogę go przetrzymać przez ten czas, w którym mogłyby się ujawnić najgorsze objawy uzależnienia fizycznego.

Patrzą na mnie. Szeroko otwartymi oczami.

— Naprawdę nie wiemy, jak panu dziękować, ale... — mówi matka.

— Podziękujecie potem. Jak się uda. Na razie trzeba go do mnie dotransportować. Jeśli nie będzie chciał się przyznać, potem, jak się cała sytuacja uspokoi, możemy kupić testy na heroinę w moczu. Teraz trzeba ratować spokój tego domu. Poproszę o pomoc pani brata, jeśli to możliwe. Ze swojej strony stawiam tylko jeden warunek. Nie kontaktujcie się z nim przez ten tydzień. On zrobi wszystko, żeby was przekonać, że trzeba go wypuścić. Opowie każde kłamstwo. W ogóle nie słuchajcie, co mówi.

Po krótkiej naradzie dzwonimy do wuja Gabriela. Gabriel będzie w domu za dwie godziny, wuj musi przyjechać tu wcześniej. Ma duży samochód terenowy, jakby specjalnie stworzony po to, żeby przewozić buntujących się narkomanów. Kiedy wreszcie przyjeżdża, kobiety odbywają z nami jeszcze jedną naradę, a potem z samym wujem. W końcu wszyscy są przekonani, że trzeba przyjąć moją propozycję. Potem następuje oczekiwanie, podczas którego żona przygotowuje dla Gabriela szczoteczkę do zębów, maszynkę do golenia i trochę bielizny. Robię kobietom herbatę i sobie też, oczywiście. W stanie, w którym jestem, nawet najdrobniejsza przyjemność staje się prawdziwą orgią, a co dopiero dobra, obficie posłodzona herbata.

Mój spokój jest oparciem dla matki i żony Gabriela, a także dla wuja. I dzięki temu operacja udaje się nad podziw. Kiedy Gabriel wreszcie pojawia się w domu, jest oczywiście mocno ujarany, ale mimo to wrzeszczy, gdy prowadzimy go wszyscy do samochodu. Krzyczy, że to ja jestem naćpany, że to ja jestem najgorszym narkomanem. Matka mówi mu, że w takim razie ona też jest narkomanką.

Potem Gabriel zostaje zainstalowany u mnie w mieszkaniu, na moim łóżku, co znaczy, że ja siedzę mu na piersiach, a on pluje na mnie i gryzie. Uważam, żeby nie przysnąć z przyjemności, a wuj w końcu odchodzi.

Gdy wraca Bartek, z chęcią zmienia mnie na posterunku, tym bardziej że Gabriel teraz już nie gryzie. A ja muszę wyciągnąć kolejną porcję brązowego proszku i wyjarać. Dopóki jest tu Gabriel, nie mogę znowu zostać chujem, bobym go wypuścił.

Oczywiście, z pewnego punktu widzenia szkoda, że Gabriel nie może sobie zajarać. On nawet na trzeźwo jest tak migdałowo miły, że kiedy jarał, było w tym coś głęboko właściwego. Jak gdyby mała cząsteczka Wielkiego Słodkiego Ujarania, która kiedyś od niego odpadła, wracała teraz do brzucha Mamy Heroiny. Trochę żal, że już nie będzie jarać. Ale ten żal tak rozkosznie się komponuje z moim szczęściem i ze szczęściem, które właśnie daję Gabrielowi na całe życie, że aż pocieram policzkiem o bok unieruchomionego chłopca.

Około dziesiątej Gabriel obrzyguje się cały, a to, czym się obrzyguje, jest tak jadowite, że robi mu dziurę w koszulce. O ile ta dziura nie zrobiła się wcześniej, podczas szarpaniny. Potem wreszcie zasypia.

Bartka strasznie cała akcja kręci, dlatego że Gabriel nie może teraz jarać, a on może. Ciągle nie domyśla się, że to jest tylko częścią ogólnego planu uratowania, który i jego obejmie.

Czuwamy nad naszym pacjentem na zmianę. Jaram odrobinę, tak żeby nie przysypiać. Przez większą część nocy patrzę na wielkie, teraz przymknięte oczy Gabriela. Nie lubię, kiedy ma je zamknięte. Są za bardzo żywe, za bardzo wciągające, żeby je zamykać. Ale teraz chcę, żeby się wyspał. A jeszcze bardziej, żeby spał, żeby nie myślał o okropnym upokorzeniu, jakie go spotkało. On potrzebuje takiego momentu ulgi, bo jutro będzie gorzej. Kiedy się budzi, trzymam go mocno w różnych pozycjach, bo różnie się szarpie. Aż wreszcie zasypia, z głową na moich kolanach. A gdy jestem pewien, że się nie obudzi, jaram jeszcze pięć porządnych machów, żebym mógł być dla niego słodszy podczas przymusowego zamknięcia. Albo słodsza, bo w tej chwili muszę być dla niego czymś takim jak matka. Taka skoncentrowana albo skondensowana matka, która przez pewien okres daje chłopcu bardzo intensywną i bardzo ciepłą opiekę, nie dopuszczającą sprzeciwu. I tyle miłości naraz, ile tak zwana biologiczna matka może dać w ciągu całego życia, jeśli w ogóle Gabriel takiej właśnie opieki potrzebuje. Jest w niebezpieczeństwie.

Rano nie czuję się najgorzej, ale jakoś trzeźwo, choć jestem jeszcze trochę ujarany. Potrząsam Bartkiem i każę mu zrobić zupę pomidorową z ryżem i śmietaną. Lubię ją bardzo, a poza tym muszę mieć czym rzygać, bo wymiotowanie samą żółcią albo samymi kwasami żołądkowymi nie jest przyjemne.

Bartek jest znowu na etapie śnieżnego embriona. Doskonale by mu zrobiło przyjaranie, ale najpierw będzie musiał zjeść zupę.

Potem znowu jaram odrobinę. Muszę tak wypośrodkować, żeby nie wytrzeźwieć ani nie zasnąć. Budzę Gabriela, a kiedy dociera do niego, gdzie jest i co do niego mówię, w jego oczach pojawia się tak szczery ból i strach, że przez chwilę jest piękny.

— Tomek — mówi — Tomek, jak nie zajaram, może mnie dzisiaj skręcić. Daj mi zajarać. Zrobię wszystko, co chcesz. Proszę. Proszę. Naprawdę, błagam.

Gdzie jest ten dziki człowiek, który wczoraj gryzł i pluł? Ale to dobrze. Musi błagać. Musi przez to przejść. Musi zobaczyć sam, jak bardzo panuje nad nim heroina.

Pięć minut później Gabriel kuca na środku pokoju i czeka, aż dam mu heroinę. Podnoszę do góry torebeczkę z brązowym proszkiem — jedną z wielu, w jakie się zaopatrzyłem na Wielkie Jaranie — i pokazuję mu ją. Potem każę mu się rozebrać do naga i przeskakać cały pokój na jednej nodze.

Ledwo wypowiadam ten rozkaz, Gabriel rzuca się z rękami do mojej twarzy, a widzę też, że płacze. Nie wiem dokładnie, jak to się dzieje, ale wystawiam szybko pięść do przodu, Gabriel idealnie się na nią nadziewa z trzaśnięciem-pacnięciem. Bęc! Siada na ziemi, ma rozbity nos.

To chyba była dobra nauczka, bo teraz nagi skacze na jednej nodze z jednego rogu do drugiego — wybrałem trasę po przekątnej pokoju, bo jest dłuższa — a krew nadal kapie mu z twarzy.

Potem jem zupę, zresztą udaną, a Bartek siedzi na Gabrielu. Zaraz po zupie mogę znowu zajarać brązowego proszku. Tym razem biorę cztery porządne machy i znowu jestem wielką szczęśliwą mamą. Słodycz gromadzi się we mnie i z lekkim zażenowaniem orientuję się, że przez całe rano nie robiłem tego, co trzeba. Bo przez całe rano nie byłem żadną mamą. Zachowywałem się jak ktoś obcy i nieprzyjemny. Przypominam sobie, że właśnie kimś takim jestem na trzeźwo i postanawiam zmienić także swoje życie, a przynajmniej tę jego część, która rozgrywa się w trzeźwości. Trzeba to zrobić, bo najwyraźniej jaram już tyle czasu, że ten trzeźwy, nieprzyjemny Tomek uodpornił się trochę i pojawia się nawet w stanie ujarania. Na trzeźwo lepiej byłoby być Gabrielem. W Gabrielu jest jakaś miękkość, nawet na trzeźwo. Czy nie można zażyć Gabriela, tak jak zażywa się heroinę?

Ta myśl jest błoga i przysypiam na łóżku obok Gabriela oraz siedzącego na nim Bartka.

A potem budzę się przyklejony własnymi rzygami do pościeli. Oddzieliłem się nimi od Gabriela jak rycerz mieczem od ukochanej. Ale spokojnie, Bartek i tak to posprząta.

Jem resztki zupy. Mam zwarzony mózg. Jestem w stanie planować tylko z minutowym wyprzedzeniem. Widzę, jak bardzo Gabriel mnie nienawidzi. Właściwie nie jest to nienawiść, tylko coś zwierzęcego. Dosyć długo próbuję to określić, ale nie daję rady. W tym stanie, w jakim jestem, nic nie umiem określić. Nie potrafiłbym nawet podać definicji krzesła. Może jestem dla niego czymś takim jak krzesło.

Postanawiam wreszcie, że Gabriel nagra kasety magnetofonowe ze swoimi przemyśleniami na temat własnych czynów, które potem podrzucimy jego matce. W ten sposób będzie mu łatwiej przyznać się do własnej winy. No i jego matka, jak coś takiego dostanie, będzie mnie już zupełnie uwielbiać. I nigdy nie uwierzy, że ja też mogę jarać.

Siedzimy więc przy magnetofonie. Musiałem powiedzieć Gabrielowi, że jeśli to zrobi, dostanie brauna. Nie wiem, czy mi wierzy, ale mówi: — No i to straszny ból... I strasznie mi przykro... Kiedy wiem, jaki wyrządziłem ci ból... Od tej pory... yyy, wszystko, co będę robił... ...będę robił, aby ci pokazać... ...że chcę ci to wynagrodzić...

Wyłączam magnetofon i opierdalam go za brak uczucia, a potem kontynuujemy nagranie: — ...abyś już nigdy nie musiała żałować, że masz syna. Bo chociaż cię oszukałem, kocham cię, mamusiu... — tu Gabriel niespodziewanie wybucha płaczem, co jest znakomitym efektem, o jakim nawet marzyć nie śmiałem. Kończymy więc nagranie, bo lepiej być już nie może. Bartek pilnuje drzwi i jara. Muszę mu dać pierwszemu, bo strasznie narzeka, że musiał tyle siedzieć na Gabrielu i dotąd nie mógł sobie nawet porządnie zajarać.

Wtedy ja siadam na nagim Gabrielu. Ale mimo to biorę pięć ostrych, naprawdę ostrych machów, paląc nad jego twarzą. On musi przeczuwać, co się ze mną dzieje, bo szaleje. Wierci się, na szczęście nie ma już śliny, żeby pluć. A ja postanawiam coś takiego mu zrobić, żeby mu było jak najlepiej. Matki potrafią otulić sobą dziecko, przytulić do siebie, nawet owinąć się dookoła niego, żeby ono poczuło się znowu jak przed narodzeniem. To jest trochę skomplikowane i Gabrielowi udaje się uwolnić jedną rękę spod mojego kolana i łapie obrus ze stołu, który stoi tuż obok. Zasypiam na sekundę, gdy on właśnie ściąga obrus na podłogę. Lecą łyżki i talerze, a także nóż do chleba. Udaje mu się złapać ten nóż. Próbuję go złapać za rękę, ale jestem zbyt spokojny i on kroi mi dłoń. Nie boli mnie, oczywiście, ale z rozsądku wycofuję rękę, zostawiając szeroki, czerwony ślad na pościeli. Bartek pod ścianą się uśmiecha, co prawdopodobnie odpowiada histerycznym wrzaskom na trzeźwo. Gabriel kłuje mnie lekko pod żebro, żebym wstał, a kiedy się podnoszę, mój wspaniały chłopiec wycofuje się, przez cały czas grożąc mi nożem. Ale ja wiem, co robię. Nie zatrzymuję się, tylko idę i idę w jego stronę i jestem coraz bliżej. Wreszcie skaczę i trafiam brzuchem na nóż.

Gabriel wygląda jak moja siostra, kiedy była mała, a ja ją straszyłem. Ma wielkie oczy i się trzęsie. Niepotrzebnie, bo jest dobrze, migdałowo i miękko.

I TERAZ JUŻ ZUPEŁNIE SIĘ BUDZĘ, bo dostałem w głowę. Mocno, ale nie za mocno. Tak, żebym się obudził. Robert nigdy nie bije mnie za mocno. Jestem mu nawet wdzięczny. To jest jeden z tych krótkich snów, które mam w ciągu dnia, bo w nocy kompletnie nie mogę spać. Śni mi się zwykle, że jestem naćpany, ale także, że jestem z tamtym. I po takich snach jest mi jeszcze gorzej. Przeważnie dlatego, że jednak naprawdę nie jestem naćpany, tylko szuwaks schodzi ze mnie w najbardziej kurewski z możliwych sposobów. No i poza tym po przebudzeniu przypominam sobie wszystko, co się z tamtym stało, i te najgorsze momenty, jak musiałem uciekać. Nie trzeba spać, jak się ma mieć takie przebudzenia.

Skręcam się i obejmuję własnymi rękami. Jak taka wielka kula śniegowa. Wciąż wydaje się, że człowiek nie może być jeszcze zimniejszy. Ale zaraz potem okazuje się, że jednak może. Czasem mam takie wrażenie, jakbym nie przestał się trząść od momentu, kiedy wydarzyło się tamto. Ale to nieprawda, bo przez pierwsze dni po tym byłem przecież szczęśliwy.

Najgorsze kurewstwo to ten lodowaty pot. Cieknie ze mnie jak ze starej, dziurawej gąbki. Od tego najbardziej mnie telepie. Podeszwy stóp mam jak poobijane młotkiem. Dobrze, że Robert nie każe mi za dużo chodzić. Zimno. Muszę pomyśleć o czymś innym.

Wsadzam ręce do kieszeni, żeby je trochę ogrzać, ale kieszenie mam tak samo zimne, jak ręce. Łapię to coś, co mam w kieszeni i jest takie miękkie.

Nagle przypominam sobie, co to może być, i od razu to wyciągam. To gumowy smoczek. Jest cały w jakichś brudach i prawie przepołowiony, bo ściskałem go mocno w ręku przez te parę dni, kiedy było mi dobrze. Musiał leżeć w tej kieszeni chuj wie jak długo, ale chcę sobie przypomnieć, kiedy tam się znalazł. Wywalam go od razu na chodnik, z nadzieją, że ktoś go zaraz tak rozdepcze, że stanie się nierozpoznawalny. W koszu na śmieci byłby mniej widoczny, ale kosz jest dwanaście metrów stąd.

Ulica, na której się zatrzymaliśmy, jest kompletnie pusta. Można usłyszeć cichutkie popiskiwanie. Dochodzi z góry. Na jednym z dachów jakieś ptaki muszą mieć gniazdo. Albo na strychu osiedliło się stado nietoperzy. Te stworzenia są nie tylko obrzydliwe, ale dodatkowo jeszcze rodzinne. Żyją w stadach i jeśli nie śpią, bez przerwy do siebie gadają. Tu, gdzie jesteśmy, w centrum, nietoperze spokojnie mogłyby mieszkać. Samochody hałasują i czasem nawet ludzie coś wrzasną, ale to jest stare budownictwo. Ze stromymi dachami i starymi wysokimi strychami, prawdopodobnie częściowa rekonstrukcja, a częściowo autentyczna dziewiętnastowieczna zabudowa. Nie remontowana od czterdziestu lat. Ale nie mogę o tym myśleć, bo już przypomina mi się wszystko, czego się kiedyś uczyłem na tych moich studiach, i całe to kompletnie inne życie, jakie miałem przedtem. Znowu próbuję pomyśleć o nietoperzach. Tu jest wiele miejsc, w których może się schronić bardzo małe stworzenie, budzące powszechną odrazę i bezbronne podczas całodziennego snu. O tym też nie mogę myśleć.

Ponieważ wszystko znowu zaczyna mi się kojarzyć ze mną, zamykam oczy, ale wtedy jestem sam ze sobą i jest jeszcze gorzej. Robert chyba zaczyna się wkurwiać. Jestem już prawie zupełnie trzeźwy i blizny mnie swędzą.

— Nie płacz — mówi Robert spokojnie, ale z zaciśniętymi zębami. — Przestań, kurwa, płakać.

Odwracam głowę, żeby nie widzieć Artura, który idzie do nas od strony Poznańskiej. Robert myśli, że to dla dyskrecji, żebyśmy ja i Artur nie znali się za dobrze. Pochwala to.

— Siedemdziesiąt sweterków — mówi Artur tym swoim dziecinnym głosem. Znowu mam zamknięte oczy i widzę coś jakby rysunki z przedszkola. Artur jest o wiele starszy, niż wygląda albo brzmi, bo heroina zakonserwowała go w wieku dwunastolatka. Kiedy zaczął palić, przestał rosnąć, pojawiły mu się tylko jakieś choroby skóry.

Potem Artur wraca do swojego mieszkanka, a my jedziemy koło Remontu, a potem Puławską na Wierzbno. Na ulicy Żywnego stoją najbardziej szaroczarne bloki mieszkalne na świecie, z lat sześćdziesiątych. Wtedy uważano, że najwłaściwsze dla człowieka jest maksymalnie smutne otoczenie. Być może zresztą tak jest.

Spomiędzy osiedlowych zarośli wynurza się uśmiechnięty facet z teczką. Podaje ją Robertowi, mówi coś o sweterkach, potem o jakimś Złamanym, który właśnie sprzedał dom, przeniósł się do kawalerki i ma kupę kasy. Kiedy facet odchodzi, odjeżdżamy. Samochód jest czarny, wielki i terenowy. Zjeżdżamy ze skarpy na Sobieskiego i jedziemy w stronę Wilanowa.

— Nie płacz — mówi Robert i chyba jest naprawdę zły. — Nie płacz, dostaniesz dzisiaj superprezent.

Wyobrażam sobie coś w rodzaju sześcianu z kokardką. Mijamy ludzi, ale mają mordy jak herbatniki, płaskie i suche. I chyba właśnie na tym polegają normalne ludzkie twarze. Jak patrzę na ludzkie życie, nie mogę uwierzyć, że ludzie nazywają życiem coś tak trupiego. Może jakbym znowu miał dziecko, żonę, zaczęłoby mnie to ruszać, jak kiedyś. Ale nie ma co o tym myśleć, bo robi się chujowo. Już nigdy nie wrócę do tamtego życia. To, które mnie czeka, będzie na pewno bardziej martwe. Może znaczy to, że będzie jeszcze bardziej ludzkie.

Wjeżdżamy z Sobieskiego na Wilanowską, a potem skręcamy na zielony obszar między Wilanowem a Ursynowem. Samochód unosi się i opada na twardych górkach i dołkach, przez co trzęsie mnie podwójnie.

Stajemy przed wielką kępą drzew. Robert wysiada i okazuje się, że w ścianie drzew jest stara metalowa brama. Otwiera ją i wraca do samochodu. Przejeżdżamy przez bramę i znajdujemy się w małym ogródku, całkowicie porośniętym krzakami czarnej porzeczki. W środku stoi zielony domek, jednopiętrowy, wiejski, z kamienia, ale z drewnianym dachem i różnymi ozdóbkami.

— Niezłe, co? — mówi Robert, wysiadając. Wlazł już w porzeczki i brodzi wśród tych krzaków, a ja jakoś boję się wleźć między nie, bo na pewno będą się czepiać. W tej chwili jest to dla mnie za duża przeszkoda.

W końcu jednak idę za nim po wąskiej, absolutnie za wąskiej ścieżce. Pytam, co tu jest prezentem.

— Wszystko — odpowiada. — Będziesz tu mieszkał. Dobrze ci to zrobi.

Wyciąga klucz i otwiera domek. W środku jest chłodno i pachnie staruszką. Wśród nieforemnych gratów króluje coś w rodzaju mamuciego łoża. Robi mi się niedobrze, tak niedobrze, że aż łapie mnie kaszel, który jest prawie rzyganiem. Wszystko tu śmierdzi jakimś beznadziejnym życiem, które bez sensu tutaj trwało, i nie ma nawet żadnego żalu, że się skończyło. No, ale sam mam się stać czymś takim.

— Sprzęty się wymieni, oczywiście — uśmiecha się Robert, siadając na tym niezwykłym łóżku. Kiedy widzę takie meble, zawsze mi się wydaje, że czterdzieści lat temu ludzie musieli być zrobieni z czegoś innego, na pewno nie z ciała, które jest wrażliwe i miękkie, jak wiadomo.

— Sprzęty się wymieni, ale na razie prześpisz się na czymś takim — mówi Robert. — Sam spałem na takim wyrze, jak byłem mały.

Mały. Myślę o różnych istotach, które można tak nazwać.

— Daj spokój — mówi Robert, który znowu widzi, co się ze mną dzieje. — Kurwa, posłuchaj mnie teraz, bo drugi raz nie będę mówić. Jesteś na innej planecie. Nie myśl o tym, co się działo. Wcale nie jest ci źle. Powiem ci coś. Gdyby to wszystko się nie stało i tak byś myślał, że masz strasznie chujowe życie.

Przerywa na chwilę i znów zaczyna:

— Nawet jakbyś ciągle miał żonę, dziecko i kota czy tam psa, też byś myślał, że jest ci chujowo. Bo nie chodzi o to, żeby było miło. Chodzi o to, żeby nie było chujowo. Chujowo nie jest tylko wtedy, jak nikt cię nie rucha. To ty innych ruchasz. Robisz pstryk i już ich nie ma. Nie zabijasz ich, tylko ich masz. Nie są swoi, są twoi. I nawet jest im z tym dobrze. Kiedy dają dupy, czują ulgę. Nie muszą się szarpać, słuchają cię i koniec. Ale żeby do czegoś takiego dojść, trzeba przejść najgorsze rzeczy, może jeszcze gorsze niż to, co przeszedłeś. Trzeba przejść przez coś takiego, żeby już się niczego nie bać. Trzeba umrzeć. Tylko tacy ludzie mają zajebiście. Wszyscy inni mają raczej chujowo. Tak to jest zrobione. I wcale nie myślę, żeby to było chujowe.

Nie słucham go aż tak uważnie, żeby się w to wgłębiać. Ale wystarczająco, by zrozumieć, że mówi rzeczy nieprzyjemne i kanciaste, a ja chcę ulgi i przebaczenia. Chcę jedynej rzeczy, która daje ulgę i przebaczenie.

— Robert, słuchaj, przede wszystkim dzięki za dom — mówię. — Może jakoś poświętujemy?

I dostaję wpierdol.

— Nie poświętujemy — mówi Robert, przewracając mnie na tapczan, na brzuch, podczas kiedy próbuję wyczuć, gdzie teraz uderzy. Słyszę, jak coś szczęka, i mam już obrączkę na lewym przegubie. Leżę na brzuchu, a on siedzi na mnie. Lewą rękę mam przykutą do lewej nogi łóżka, prawą — do prawej.

— I teraz będziesz tak leżał, aż ci przejdzie.

— Jezu, kurwa, Robert, nie możesz mi tego zrobić. Przecież ja ci tu zdechnę.

— Odtrujesz się — kończy Robert. Zszedł już ze mnie. Nie widzę go, ale słyszę, jak dyszy.

— Robert, przecież potrzebny jest tramal, kroplówki, kurwa!!!

— Odtrujesz się na sucho, to już się więcej nie wpierdolisz.

Wiedziałem, że Robert w każdej chwili może mnie upokorzyć. Ale teraz skazał mnie na wielodniową torturę, od której mogłem umrzeć. Próbuję coś jeszcze krzyczeć, ale Robert zdejmuje mi spodnie, a potem gacie. Między pośladkami czuję jego ciepłą rękę, śliską od oliwki albo wazeliny. Dłoń jest przerażająca, cała tłusta, ale na razie między pośladki wchodzi tylko palec. Wsuwa się, a potem powoli zaczyna wbijać się w odbyt. Najpierw łaskocze, a potem piecze. Posuwa się bardzo powoli, ale bez przerwy, jak gówno, które postanowiło wrócić do mojego ciała. Wreszcie cały jest już we mnie, jak coś mojego, ale nie mojego, bo nie panuję nad żadnym jego ruchem. W każdej chwili może się zgiąć, wtedy dopiero by zapiekło. Okręca się, jak gdyby rozglądał się w środku, zachwycony tym, co tam jest. Może Kasia też tak miała, kiedy się z nią kochałem. On teraz wsadzi dwa albo trzy. Dotąd robił to, kiedy byłem ujarany i nic nie czułem. Teraz jestem prawie trzeźwy. Na łóżku jest czarna plama od potu z mojej twarzy.

— Dobra, dobra, nie wyj — mówi. Jest chyba niezadowolony. Może jednak mnie żałuje? Idzie gdzieś, odkręca wodę, pewnie myje ręce. Nie słychać, żeby zdejmował spodnie.

Dziękuję Bogu za to, że mu się odechciało. Dziwne. Nigdy jeszcze nie przerwał zabawy w połowie.

Kiedy unoszę głowę na tyle, na ile mogę, widzę ścianę, która robi się coraz bardziej żółta i pokryta grzybem.

I dalej nie ma już co opowiadać. Wsadźcie szczura do klatki i polewajcie go wrzątkiem. Albo obrzucajcie związanego szympansa petardami. Zobaczycie ból, strach i inne takie uczucia.

Poznałem Roberta trzy dni po tym, jak stamtąd uciekłem. Zabrałem wtedy całą heroinę. Tamten miał ją przy sobie, tak że łatwo ją było od razu wziąć, kiedy się przewrócił. Pobrudziłem się przy tym, bo tam od razu się zrobiła cała kałuża, na podłodze i wszędzie. Na szczęście, taki proszek z węgla, miał węglowy, szybko przykrył te plamy na ubraniu, i nie było ich widać.

Zresztą nie myślałem o nich, bo było mi bardzo dobrze. Na innym osiedlu znalazłem starą kotłownię. Był w niej wielki, od dawna nieużywany piec, w którym spokojnie mogło się pomieścić pełno ludzi. W środku leżały szkolne, trochę zgniłe zeszyty i ten miał węglowy. Spałem na zeszytach i nigdy żadnego nie otworzyłem. Pierwszy raz w życiu jarałem tak ostro, zupełnie bez przerwy, dosłownie co pół godziny.

Po trzech dniach zacząłem rzygać żółcią. Jakoś jeszcze wiedziałem, że muszę poszukać czegoś do zjedzenia, bo w żołądku robiły mi się dziwne rzeczy. Nie miałem kasy, zacząłem chodzić po osiedlu i zagadałem z jakimiś gówniarzami, czyby nie chcieli kupić dobrego szuwaksu. Sprzedałem im raz, a tego samego dnia wieczorem jeszcze raz. Słyszałem, że nazywali mnie Śmierdzącym Dilerem, bo nie miałem jak się myć, a ciągle się pociłem. W nocy przyszli do mnie jeszcze raz, wywołali mnie z pieca, a jak wyszedłem, jacyś inni ludzie złapali mnie i nadcięli mi dłonie, przy kciuku, ale byłem ujarany i prawie nic nie czułem. Jeden z nich zaczął mnie wypytywać. I chyba wszystko mu opowiedziałem, przez to ujaranie. Miał łysą, ogoloną głowę i wielkie oczy. To był Robert. Potem zabrał mnie, obwiązał mi ręce bandażem i jakoś się zagoiły, chociaż ciągle swędzą i czasem w jednym miejscu robi mi się taka dziurka, z której wychodzi ropa.

Jest bardzo rano, a za dziesięć minut muszę być pod Multikinem. Może się udać, jeśli wytaszczę ten rower górski od Roberta. Ale może też się nie udać, bo robię się coraz słabszy. Ciało mam ciężkie, nieposłuszne, jakby już zdechło i miało ode mnie odpaść. I nie tylko ciało. Jest lista rzeczy, o których nie mogę myśleć, bo jak myślę, to się zamulam i nie mogę myśleć o niczym. Nie mogę myśleć o kotach. Jest tu taki kot. Siedzi cały czas na topoli, może miał jakiś układ z babcią. Tutaj mieszkała wcześniej jakaś babcia. Ale o babci też nie mogę myśleć, bo się męczę. Ani o rodzicach Łukasza. Łukasz czeka właśnie na mnie pod Multikinem i jest gigantycznym gówniarzem. Gigantycznym, bo ma metr dziewięćdziesiąt wzrostu, a gówniarzem, bo ma dopiero siedemnaście lat. Nosi teraz małe kapelusiki, bo tak robiła kiedyś jakaś wymarła subkultura. Jeszcze ma energię, żeby się bawić takimi rzeczami.

Powinienem zajarać, żeby ożyć. Ale nie mogę. Dziś wieczorem może wpaść Robert. Jak zobaczy, że mam małe źrenice, jemu też zrobią się małe. Zawsze mu się tak robi, kiedy jest wkurwiony. Przewróci na tapczan i znowu mnie zaobrączkuje.

Taszczę rower przez chaszcze i już jestem spocony. Na szczęście heroinowy pot jest kompletnie bezwonny. Muszę teraz przejechać czarną ścieżką do skarpy. Ścieżka jest czarna, bo zawsze jest rozmiękła, bagnista. Ta część Warszawy, w której jestem, nazywa się Bagna Wilanowskie. Między dwiema normalnymi dzielnicami, Wilanowem i Ursynowem, pozostał taki kawał zupełnie innej rzeczywistości. Dzika wieś, z roślinnością, przez wiele miejsc nie da się przejść. Wiem, bo nieraz eksperymentowałem, jak się spieszyłem na Ursynów.

Dziś już wiem, jak można szybko się tam dostać. Trzeba tylko wdrapać się na skarpę, która jest bardzo stroma, ale też bagnista. Jak mokradło postawione na sztorc. Za to kiedy już jesteś na Ursynowie, granatowe asfaltowe alejki i ulice zaprowadzą cię wszędzie, gdzie czekają twoje dzieci.

Mijam kilka wielkich drzew, z których jedno jest kompletnie puste w środku. Potem zaczynam wdrapywać się na skarpę, a w brzuchu znowu bulgocze mi ten heroinowy płyn, który zawsze się robi po jaraniu. To jest tak, jakbyś w jelitach miał tylko wodę, coraz więcej i więcej wody, której w żaden sposób nie można wysrać.

Kiedy już jestem na górze, wchodzę do starej betonowej stajni. Stajnia musiała ulec jakiejś totalnej katastrofie. Jej wgnieciony dach leży na klepisku w dużych, nadpalonych kawałach, z których sterczą druty. Co gorsza, końcówki drutów nie są już drutami, tylko lejącymi się, spłaszczonymi formami, jak gluty. Boksy dla koni są puste, tylko w jednym stoją dwie brązowe od rdzy pralki, jedna na drugiej. Otwieram jedną z pralek. Z bębna coś na mnie z wrzaskiem wylatuje, i przez chwilę nie mogę się pozbierać, bo pomyślałem, że to tamten. Ale to mały ptaszek koloru popiołu, który chyba oślepł z przerażenia i lata po całym boksie, nawet nie ćwierkając, ale gwiżdżąc jak nadmuchany balon, kiedy się go puści po pokoju bez zawiązanej dziurki.

Potem wyciągam z bębna coś szmaciano-chrupiącego, co okazuje się gniazdem. W środku jest sześć maleńkich jajeczek. Debilny ptaszek wpada w furię i leci mi prosto w twarz, co kończy się tym, że klęczę wśród rozbitych jajek, a między skorupkami konają maleńkie mutanty o przezroczystych łebkach z krwawymi żyłkami. Ptaszek natychmiast traci zainteresowanie dla całej sprawy i siada sobie spokojnie na kupie sfermentowanych szmat, a ja upewniam się, czy w bębnie nie ma żadnej innej niespodzianki. Ale jest tam tylko dużo pokruszonego, przeżartego rdzą metalu. Chowam w środku cały drogocenny ładunek, z którego wybieram jeden plastikowy woreczek z brązowym proszkiem, dla Łukasza.

Tak szybko jak mogę, pędzę na rowerze pod Multikino, a właściwie pod śmietnik na tyłach tego przybytku.

Dobrze jest wybierać takie miejsca, bo pod śmietnikiem nie gromadzą się ani nie zatrzymują ludzie, w przeciwieństwie do samego Multikina. Nikt nas nie widzi. W Multikinie spokojnie mogłoby stać nawet paru *los bandidos del gobierno*, niewidocznych w tłumie. Tutaj nie mogliby nas nawet obserwować z daleka, bo śmietnik jest osłonięty resztkami płotów i gliną, która pozostała po budowie kina.

Łukasz nadchodzi i ma mały, jaskrawozielony kapelusik. Zastanawiam się, kiedy spotka to swoje nieszczęście, które wyrwie go z życia i rzuci na śmietnik, jak jakąś marchewkę czy coś takiego. Każdego to czeka. Można nagle stracić dom i ludzi, którzy się tobą opiekowali. Można stracić żonę. Można stracić dziecko. Można stracić wszystko naraz. Dobrze, że heroina może zastąpić każdy rodzaj szczęścia.

Szuwaks zostaje sprzedany i Łukasz strasznie chciałby sobie już zajarać, pewnie w cichości multikinowego sracza, ale jest jeszcze na tyle niedoświadczony, że krępuje się tak po prostu odejść, bez zagadania. Ojciec Łukasza jest politykiem, pracuje we władzach Warszawy i pewnie niedługo przeniesie się stąd do jakiejś willi razem z synem, a ja stracę kontakt.

— Chyba nie ćpał — mówi Łukasz. — To znaczy, palił trawę, jak był młody, ale wiesz, jaka trawa wtedy była. Nie było nawet haszu. A potem to już tylko chlał, chyba że ktoś go częstował trawą na jakichś imprezach.

— A gdyby się dowiedział, że jarasz trawę albo hasz, toby się zmarszczył?

— No, pewnie by się trochę zmarszczył.

— A może by się ucieszył, że nie bierzesz czegoś mocniejszego? — próbuję z drugiej strony.

— To na pewno, ale pewnie by chciał odstawiać jakieś rozmowy, że po co, że lepiej, żebym tego nie robił.

— A twój stary jakiej muzyki słuchał?

— Black Sabbath. I Sex Pistols.

— No, to nie będzie mieć oporów. Stary, słuchaj, zróbmy taką jazdkę, że ujaramy twojego tatę.

— Pojebało cię, Andrzej?!

Teraz nazywam się Andrzej. Nawet wolę, żeby tak do mnie mówili. Imię, które straciłem, przypomina o życiu, które straciłem.

— Powiesz mu, że to hasz — ciągnę.

— Ale i tak ze mną nie zajara.

— Słuchaj — zaczynam. — Zagadasz z nim o tym, jak jarał trawę w młodości. Powiesz mu, że sam nigdy nie jarasz i twoi koledzy też nie, ale do jednego kolegi ktoś przyniósł hasz na imprezę i zostało, a wy nie wiecie, co z tym zrobić, bo przecież nie jaracie. Zapytaj go, czy on czasem nie chce sobie znowu spróbować, bo inaczej wyrzucicie to do kibla. Jak stary się wkurwi, że w ogóle mu proponujesz, to koniec rozmowy. A jak nie, to dasz mu trochę szuwaksiku i powiesz, jak to się pali. Powiesz, że tak palił ten koleś, co to przyniósł na imprezę.

Łukasz śmieje się z wyżyn swojego metra i dziewięćdziesięciu centymetrów. I siedemnastu lat.

— No dobra, tylko po co?

— Będziesz miał luzy w domu. Jak stary spróbuje, to na pewno mu się spodoba i zacznie więcej jarać. Będziesz mógł razem z nim jarać.

— Kurwa, jesteś najbardziej pojebanym dilerem w tym pojebanym mieście — mówi Łukasz. — I ty będziesz nam to wszystko sprzedawał, nie?

— A jak?

Łukasz odchodzi. Za moimi plecami nagle coś ćwierka, aż podskakuję, bo przypomina mi się ptaszek. Zaraz wszystko zrobi się zupełnie normalne i będę trzeźwy.

W ciągu ostatnich dwóch tygodni zajarałem tylko dwa razy. Mogę jarać tylko we wtorki. We wtorki jest najmniejszy ruch w biznesie. Wczoraj właśnie był wtorek i bardzo słodko się ujarałem w domku. Miałem coś takiego, jakbym roztapiał się w gęstej, ciepłej, mocno posłodzonej herbacie. Każdy najdrobniejszy kawałeczek mnie wypełnił się tym rozkosznym płynem i przez parę godzin wszystko, nawet małe palce u rąk i nóg, odczuwało kosmiczne, absolutne szczęście. Najpierw wyjarałem ćwiartkę, siedząc na podłodze. Potem długo myłem ręce z popiołu. Mydło trzeba było dobrze rozmydlić. Trzymałem je pod kranem i kręciłem nim w rękach. W pewnym momencie przestało się wyślizgiwać, tylko czepiało się moich rąk. Było lepkie, ciepłe i miękkie, jak plastelina albo jakiś niemowlak, aż wreszcie roztopiło się gdzieś między moimi palcami.

Potem przyszedł Robert i znalazł mnie w łazience. Babcia miała nawet wannę, ale dziwną, wysoką, sześcienną. Stałem w niej nagi, a Robert wysmarował mnie całego oliwą vergine, a potem pieścił mnie, najbardziej palcem w środku. A jak miał go w środku, to bawił się, tak ruszał tym palcem, żebym ja też się ruszał. Dzisiaj pewnie też przyjdzie, ale tylko żeby sprawdzić, czy jestem trzeźwy. Jak jestem trzeźwy, nic ze mną nie robi. Mówi, że nie mam wtedy takiej miękkości.

Poprzednie dwa tygodnie dochodziłem do siebie i pracowałem. A wcześniej leżałem przez pięć dni na łóżku i rzygałem na piekąco małymi brązowymi glutami. Robert przystawił mi miskę, ale nie mogłem się dobrze nad nią nachylić, bo byłem przykuty do łóżka. Raz w nocy

Robert wszedł bosą nogą do tej miski i wkurwił się tak, że mógł mi nawet kazać ją wypić. Ale nic nie zrobił, tylko potem skóra go piekła między palcami u nogi.

Kładź się — mówi Robert w garniturze, otwierając tylne drzwi samochodu. — Tu na podłodze, przed siedzeniami.

— Robert, ale po co?

Łapie mnie za ucho i wykręca.

Na szczęście, coś, co nie czuje bólu i niczym się nie przejmuje, zostało jeszcze z wczorajszego jarania. Naprawdę trzeba przejść kurewskie rzeczy, żeby umieć znaleźć w sobie coś takiego. Kładę się na podłodze.

— Jak posłuchasz, to się dowiesz — dodaje Robert, przykrywając mnie starymi ręcznikami i jakimiś przedmiotami. — Masz się nie ruszać i być cicho. Tylko słuchaj wszystkiego, co się będzie działo.

Potem samochód zaczyna okropnie podskakiwać na wertepach. Jak się leży, to on już zupełnie nie jest bezwstrząsowo-terenowy. Ale w tej ciemności nie jest strasznie źle. Zamykam oczy, żeby skupić się na tym, co jest jeszcze we mnie ujarane. I to się udaje, bo znowu robi mi się lekko i dobrze, tylko zupełnie przestaje mnie obchodzić, co się dzieje. Jak to po braunie, szukam tylko kogoś równie miłego i dobrego, chociaż oczywiście nie znajdę nikogo pod szmatami w samochodzie. I mam tak, dopóki samochód nie zatrzymuje się nagle.

— Dzień dobry — słyszę nagle serdeczny, ciepły głos Roberta, uprzejmego i życzliwego człowieka biznesu.

— Dzień dobry — odpowiada zażenowany, lekko zachrypnięty czterdziestolatek.

— Zapraszam do samochodu — mówi Robert ciszej. — Wie pan, lepiej, żeby transakcja była jak najmniej widoczna.

Facet waha się chyba. Boi się. I wie, że jak nie wsiądzie, nie dostanie heroiny.

— A może chce pan od razu zapalić? — pyta Robert. — Bo mam folię.

Drzwi trzaskają, samochód kołysze się. Facet, który właśnie wsiada, chyba ostro spryskał sobie dezodorantem stopy, bo zapach perfumy czuć nawet przez te ręczniki. Musi się nieźle pocić.

— Jak pan myśli, ile by mi wystarczyło na weekend? — pyta wreszcie.

— A pierwszy raz zapalił pan dwa tygodnie temu, prawda?

— Tak.

— O, to połówka powinna w zupełności wystarczyć. Ale widzę, że pan jest stremowany. Proszę się nie bać. Nikt nas tu nie namierzy. Mamy swoje sposoby, żeby zapewnić klientom całkowite bezpieczeństwo.

Milczenie.

— Denerwuje się pan? Ma pan wyrzuty sumienia?

Milczenie.

— Pan już wie, że to nie jest haszysz?

— Tak — facet prawie stęka.

— Boi się pan. Myśli pan, że zażywa pan najsilniejszy narkotyk, jaki jest na rynku. Powinien pan rzucić to natychmiast. Zerwać z tym. Dlaczego pan tego nie robi?

— Myślałem, że pan to sprzedaje — mówi facet, ostro zmieszany.

— Spokojnie, zaraz panu dam. Ale czy mogę pana prosić, żeby pan mi odpowiedział na pytanie? Dlaczego pan nie ucieka? Dlaczego kiedy zadzwoniłem do pana, umówił się pan ze mną na spotkanie?

Milczenie.

— Powiem panu. Bo jeszcze nigdy w życiu nie miał pan takiej przyjemności. Nieporównywalnej z niczym, co pan przeżył.

— Prawda — odpowiada facet. — To jest zupełnie niesamowita rzecz. To jest jakby coś, czego człowiek najbardziej potrzebuje. I nigdy nie dostaje. Powiem panu szczerze, musiałem oczywiście zabronić tego mojemu synowi. On ma siedemnaście lat. Wysłałem go do ośrodka. Ale sam sobie nie umiem tego zabronić.

— No właśnie. Bez tego nie można żyć. Ale od tego się umiera. Nie wie pan, co z tym zrobić?

— Nie.

— To ja panu powiem. Niech pan jara tylko w weekendy. Tylko raz na tydzień. Najczęściej raz na tydzień. Kiedy żona gdzieś wyjedzie, albo w nocy, kiedy ona śpi. Jeśli da pan radę nie jarać w pracy, w normalne dni, to pan przeżyje.

— A słyszał pan kiedyś o kimś, komu by się coś takiego udało?

— Znam wielu takich gości. Na przykład ja.

To jest kłamstwo. Robert nie jara w ogóle. Nigdy nie zajarał heroiny.

— I wszyscy moi klienci — kłamie dalej. — Nie sprzedaję gówniarzom, ani ja, ani moi ludzie. Mam kontakty z takimi, którzy to robią, od nich dowiedziałem się o panu. Ale może być pan spokojny, nikt się o panu nie dowie, jeśli przyjmie pan moją propozycję. Proponuję panu, aby zaopatrywał się pan tylko u mnie. Bo ja nie chcę, żeby moi klienci umierali. To jest biznes, a nie morderstwo. Będę panu sprzedawał tylko raz w tygodniu, odpowiednie ilości. Nawet jak mi pan powie, że chce pan więcej, żeby zrobić imprezę z kolegami, to panu nie dam. Nie powinien pan robić zapasów. Imprez z kolegami też nie, bo nikt nie powinien wiedzieć, że pan to robi. Ja chcę, żeby pan normalnie żył i nie miał kłopotów. Bo chcę, żeby pan był jak najdłużej moim klientem. W ten sposób zarobię dużo, a przy okazji nie zabiję pana. Jeśli pan się zgodzi, będzie pan z tym żyć. No i będzie miał pan najczystszy, najlepszy towar. Przyjmuje pan propozycję?

Milczenie, a potem coś w rodzaju cichego „tak".

— Proszę mi podać rękę. Dziękuję. Oczywiście, jeśli pan złamie naszą umowę, już nigdy pana nie obsłużę. Nie będę maczał rąk w pańskiej śmierci. A teraz pan mi da sto złotych, a ja dam panu połówkę.

Szelesty. A potem pstryknięcie zapalniczki. I gorzki zapach, bardzo nieprzyjemny, jak się nie wie, co zaraz po nim przyjdzie. Powinienem szaleć, ale nadal nie jest mi tak źle, bo znowu wracam do tego, co jest jeszcze we mnie ujarane. To niesamowite, ale kiedy się na tym mocno koncentrujesz, to może naprawdę długo przetrwać.

Facet wychodzi i idzie sobie, a wtedy Robert pozwala mi wyleźć spod ręczników i usiąść na przednim siedzeniu. Jedziemy do domu.

— Słuchałeś? — pyta. Kiwam głową.

— Dobrze. Wiesz, dlaczego kazałem ci słuchać?

Nie wiem. Nawet nie bardzo próbuję się domyślać, interesuje mnie tylko sam Robert. Ma wielkie, piwne, głęboko osadzone oczy. Najbardziej niesamowite jest to, że one są nieustannie obecne. On nigdy nie pozwala sobie na nieobecność. Na marzenie. Może ma życie jak marzenie. Jak jego marzenie.

— Chciałem ci pokazać, jak to się robi — mówi. — Na takich klientach zarabia się mniej niż na gówniarzach. Jak myślisz, po co ich hodujemy?

Nie wiem. Ale słuchanie Roberta jest bardzo przyjemne.

— Bo heroina jest za dobra, żeby jarali tylko gówniarze. Coraz więcej dorosłych, poważnych ludzi będzie jarać. Coraz więcej. Wszyscy. I będą musieli z tym jakoś żyć. Będą jarać raz na tydzień, na dwa. Trzeba się nastawić na takich klientów, bo kiedyś będzie ich więcej. To coś dla ciebie.

— Dlaczego?

— Jesteś inteligentnym człowiekiem. Miałeś kiedyś rodzinę. Spokojnie nauczysz się z nimi gadać. I tylko ze mną jesteś bezpieczny, bo cały czas musisz się ukrywać. Jesteś facetem, który nie pójdzie nadawać psom, bo boisz się ich bardziej niż ja. Mnie wsadzą maksimum na dziesięć lat za handel. Ciebie na piętnaście, jak uznają, że to było morderstwo. Nie odpadniesz ode mnie, bo nie masz gdzie. A ja do tego potrzebuję właśnie kogoś takiego jak ty, pewnego i długofalowego, bo to jest długofalowa robota. Jak będziesz jarał w tygodniu, to cię zabiję.

Siedzimy cicho przez chwilę.

— To ci dobrze zrobi — zaczyna znowu. — Jesteś bezdomny. Bez rodziny, bez pracy, biedny, jeszcze przed chwilą głodowałeś, nie miałeś gdzie się położyć. I nagle to wszystko, co oni mają, jest twoje. Teraz nagle masz tysiące firm, z których możesz ciągnąć tyle kasy, ile chcesz. Tysiące rodzin. Masz to wszystko. Możesz ich zajebać, możesz ich uszczęśliwić, możesz wszystko naraz. Odechce ci się jarać. Zobaczysz, że to jest mocniejsze niż heroina.

Robert zapala papierosa. Płomień oświetla twarz, ale nos rzuca cień na oko, które na chwilę znika w czarnej plamie. Odkrywam w tej twarzy coś, czego do tej pory jeszcze nie zauważyłem. Co ułamek sekundy przebiegają po niej drgnienia, maleńkie i niedostrzegalne, które jednak zmieniają jej wyraz. Jeden wyraz następuje po drugim, potem wraca ten pierwszy, potem znowu ten drugi i tak co chwilę. Tak że Robert ma dwie twarze, które co ułamek sekundy się wymieniają. Obie te twarze, wymieniając się co chwilę i nakładając się na siebie, zlewają się w prawdziwą twarz Roberta, tę, którą widzę codziennie.

— Robert, ty myślisz, że całe rodziny będą jarać?

— A, kurwa, co? Jak myślisz, po co człowiek zakłada rodzinę? Ludziom się wydaje, że jak będą mieć żonę i dzieci, to będzie dobrze. A jak już mają żonę i dzieci, to okazuje się, że nie jest dobrze. I rozumieją wtedy, że tak naprawdę nie chcieli mieć rodziny, tylko chcieli, żeby było dobrze. Siedzą w tym tylko dlatego, bo nie wiedzą, co z tym zrobić. Ale to wszystko się rozpierdoli, jak damy ludziom coś, co naprawdę im zrobi dobrze.

— Wiesz, musisz kiedyś zajarać — pozwalam sobie powiedzieć.

I znowu dostaję wpierdol, ale tylko raz.

— Przepraszam, Robert, przepraszam! — Otwieram oczy. Widzę i czuję, że Robert nawet na chwilę nie stracił kontroli nad kierownicą, kiedy mi przyładował w policzek. — Sorry, Robert, nie wściekaj się, powiedz mi tylko jedną rzecz. — Ryzykuję, bo on jest naprawdę zły. Nie patrzy na mnie nawet przez chwilę. Przykładam sobie metalową lufę pistoletu do policzka. Robi mi się siniak, a z siniakiem głupio iść w dil.

— Robert, ty wiesz, że to jest zajebiste. Rodziny nie masz. Mógłbyś sobie zajarać. Każdy potrzebuje, żeby mu było fajnie.

— Nie każdy — odpowiada Robert. — Nie każdy chce mieć rodzinę. Nie każdy chce mieć dobrze. Jak jest dobrze, to znaczy, że dałeś dupy. Pozwoliłeś, żeby coś ci weszło do dupy i zrobiło ci dobrze. Tu chodzi o to, żeby czuć siebie, a nie to coś, co ci wlazło do dupy. Zobaczysz, co to znaczy, jak zaczniesz mieć ludzi. Bo naprawdę będziesz ich mieć. Dadzą ci wszystko. Firmę, rodzinę, dom. Z przyjemnością. Oni wszystko robią dla przyjemności.

Zajeżdżamy pod bramę. Otwieram ją. Robert wjeżdża do środka. Idziemy do łóżka. Robert trochę niezdarnie zaczyna mnie pieścić, tak, że kładę się na łóżku i udaję, że mnie nie ma. On całuje mnie gdzieś po żebrach, ale potem przestaje i kładzie się obok. Pytam, co się dzieje. Nic nie mówi. Nie kręcę go i to chyba znaczy, że naprawdę jestem już trzeźwy.

Wypuszczam z siebie dym i widzę, że coś ciekawego musiało dziać się z moim mózgiem. Kiedy próbuję sobie przypomnieć, co się działo wcześniej, pamiętam tylko, że było ciepło. Dopiero potem przypomina mi się coś więcej. Najpierw, że wrócił Łukasz. Uciekł z ośrodka. Do domu nie mógł wrócić. Był zielonkawy ze strachu i miał w wyglądzie coś takiego, co mają nieświeże warzywa. Był jakby zakurzony. Chciał, żeby dać mu na krechę. Oczywiście nie zrobiłem tego. Robert nie pozwalał.

Dwa dni później oglądaliśmy z Robertem telewizję. Coś musieliśmy robić wieczorami, kiedy byłem trzeźwy i jak mówił Robert, byłem zupełnie inną osobą. Zobaczyliśmy w telewizji Mata i aż krzyknąłem głośno. Mój przyjaciel, był kiedyś prezenterem telewizyjnym. Potem poszedł do ośrodka, zaraz przed tym, jak stały się tamte wszystkie rzeczy. Teraz wrócił i po raz pierwszy w telewizji otwarcie mówił o swoim nałogu.

— A nie masz ochoty do tego wrócić? — pytała złotowłosa dziennikarka.

— Nie — huczał swoim basem Mat. — Zupełnie nie. Przez to całe ćpanie zapomniałem o tylu rzeczach, które tak zajebiście dużo mi dawały. A teraz dają mi jeszcze więcej.

— A może tamto było jednak lepsze? — zaświergotała prowadząca.

— Nie — zahuczał znowu Mat. — Zrozumiałem jedną prostą rzecz. Nie mogę ćpać. Nie ma czegoś takiego jak „ja ćpam". Bo tam, gdzie jest „ćpam", nie ma „ja". Ćpanie zabija człowieka. To, co ćpa, to już nie jestem ja.

Spojrzałem na Roberta i zobaczyłem, że patrzy na Mata jak na kogoś, kto rzucił mu wyzwanie.

— Znałem go — powiedziałem.

— Już nigdy tego nie zrobię — zdążył dodać Mat, zanim Robert zapytał mnie o jego adres i telefon.

A następnego dnia przydarzyło się coś jeszcze ciekawszego. Podjechałem autobusem w jedno miejsce pod samym lasem, żeby sprzedać połówkę takiemu Grześkowi. Było tam niezbyt duże osiedle, którego jeszcze nigdy nie widziałem. Tutaj, na Ursynowie, wszystkie osiedla są do siebie podobne. Wielkie, sześcienne, białe, zielone lub różowe bloki wyrastają z takich roślinnych gąszczyków, pieczołowicie uprawianych przez lokatorów mieszkań na parterze. Na trawnikach rosną już duże drzewa, ale w żadnym razie nie jest to las.

A to osiedle po prostu stało w lesie. Wszędzie rosły białe brzozy, a pomiędzy nimi gdzieniegdzie majaczyły bloki. W pewnej chwili minęła mnie czterdziestoletnia, może pięćdziesięcioletnia kobieta. Miała piętrową, prawie pomarańczową ondulację na głowie i patrzyła na mnie z takim strachem, że poczułem się źle. Czy mogła mnie znać? A może zobaczyła mnie w telewizji? Może pokazywali moje zdjęcie w programach informacyjnych?

Byłem tego prawie pewien, bo zaraz potem minęła mnie następna kobieta. Miała szmacianą, chyba hinduską suknię, długie czarne włosy i twarz żółtą od papierosów. Ta się mnie nie bała, ale popatrzyła na mnie z taką nienawiścią, że już miałem uciekać. I na pewno bym to zrobił, ale nagle stało się coś jeszcze dziwniejszego.

Głos młodego chłopaka wrzasnął „Marcin! Marcin!", tak że podskoczyłem. I wołał dalej, cały czas to samo imię. Z któregoś okna albo balkonu. Nagle z innego domu, który miałem za plecami, też ktoś zaczął wołać „Marcin!". I nie to było straszne, ale to, że ten drugi, który wołał, miał ten sam głos, co pierwszy. A potem inne, ale chyba identyczne głosy zaczęły nawoływać ze wszystkich stron, ciągle to samo imię.

Oczywiście, nie przestałem się bać, ale w pewnym momencie pomyślałem, że najbardziej powinien się bać ten Marcin. I dlatego nie poszedłem stamtąd od razu, a nawet zajrzałem za jeden blok. Wszędzie kręciły się małe, czarne, bezpańskie pieski, wyglądające jak gdyby pochodziły od tego samego ojca. Nikogo nie spotkałem, poza paroma milczącymi, wrogo wyglądającymi kobietami. Tylko przy jednej z klatek schodowych odkryłem maleńki osiedlowy sklepik. Siedziało tam dwóch krótko ostrzyżonych chłopaków i dwie dziewczyny, niby razem, ale dziewczyny gadały ze sobą o kimś, kogo nazywały pierdolonym doradcą. Chłopcy chyba nie zwracali na tę rozmowę uwagi, może dlatego, że wygrzebywali właśnie ostatnie papierosy z pudełka. Popatrzyli na mnie, ale dalej milczeli. Zapytałem ich o godzinę. Brunet, chudy, ale mający w gestach i twarzy coś, co kojarzyło mi się z pluszowym misiem, odpowiedział, że zegarek jest w sklepie. Wszedłem do sklepu i kupiłem sobie jedno piwo. Na to Robert pozwalał.

Na dworze znowu zaczęło wrzeszczeć „Marcin!". Zapytałem siedzących pod sklepem chłopaków, co to za Marcin i kto go woła.

Drugi z chłopców był chyba rudy, ale trudno to było ocenić, tak krótko był obcięty. Miał też ślady jasnego albo rudawego zarostu i niebieskie oczy, które przechodziły trochę w zieleń. On opowiedział mi całą historię.

Okazało się, że Marcin był winien dużo pieniędzy takiemu jednemu Sebastianowi. Sebastian obiecał, że go zabije, więc matka zamknęła Marcina w domu. Sebastian nie mógł się tam dostać, bo dziesiąte piętro, domofon i krata na klatce schodowej. Był bardzo wkurwiony. Mieszkał dokładnie naprzeciwko okien Marcina. Zaczął więc wołać Marcina po imieniu, żeby go przestraszyć. Pewnego dnia nagrał te swoje wrzaski na kasetę, włożył do magnetofonu, który podłączył do głośników i puścił na całe osiedle. Od tego czasu nie musiał już sobie zdzierać gardła. Przegrał kasetę kolegom i organizował z nimi obławy dźwiękowe. Nadawali na cały regulator, z różnych okien, z różnych mieszkań rozrzuconych po całym osiedlu. Jak przypuszczano, Marcin powoli dostawał obłędu na swoim dziesiątym piętrze.

Rudy, który mi to opowiedział, nazywał się Chrystian. Zachowywał się jak każdy gówniarz, który chce być twardy i czasem rzeczywiście od tego twardnieje. Cała historia go bawiła, bo śmiał się w najbardziej drastycznych momentach. Mimo to w jego oczach od czasu do czasu widziałem czasem jakieś miększe spojrzenia. Były jednak trochę błędne i zaraz znikały. Nie umiałem powiedzieć, skąd mogły się wziąć. Pomyślałem, że Chrystian mnie sonduje, żeby sprawdzić, czy sprawa mnie wzrusza, czy jestem miękki.

Ale to raczej nie było to. Musiała się w nim jeszcze odzywać jakaś wrażliwość. Ale brutalność w nim była też prawdziwa. Nie ta, którą próbował okazywać. Ta, z którą tłumił w sobie resztki wrażliwości.

Było to trochę tak, jak gdyby się słyszało ostatnie oddechy umierającego ciała. Podobnie brunet walczył z pluszowym misiem, który przez cały czas usiłował się wydostać na powierzchnię.

Postawiłem im piwo, jak kupowałem sobie drugie. Po trzecim zaczęliśmy chodzić po sklepikach osiedlowych, których tutaj ciągle jeszcze było dużo. Zebrała się całkiem duża grupa chłopaków i zrozumiałem, że Chrystian ma tu pewien autorytet.

Około godziny drugiej w okolicy pojawił się jakiś starszy mężczyzna w czarnym płaszczu, siwy, z bardzo bladym nosem. Wziąłem udział w polowaniu na niego. Chłopcy ciskali w niego butelkami, nie tak, żeby zrobić mu krzywdę, ale żeby go przestraszyć. W końcu udało mu się uciec między brzozy. Okazało się, że to był właśnie tak zwany doradca. Ogólnie znienawidzony, bo bez przerwy doradzał chłopcom i ich matkom, jak parkować samochód, jak podlewać kwiaty na balkonie, żeby nie kapało na sąsiadów, co robić z własnym mieszkaniem, pracą i w ogóle z życiem.

Potem chłopcy poszli, a ja zostałem sam na sam z Chrystianem i brunetem, który tak w ogóle nazywał się Krzysiek.

Chciałem porozmawiać bardziej osobiście i zapytałem Chrystiana, co robi jego ojciec.

W odpowiedzi dostałem w nos tak, jak jeszcze nigdy nie dostałem, nawet od Roberta. Coś mi się chyba poruszyło w twarzy. Spróbowałem się dowiedzieć, o co chodzi, ale musiało to wyjść trochę piskliwie. Chrystian poszedł sobie. Wreszcie od Krzyśka dowiedziałem się, że na osiedlu mieszkały tylko samotne matki z dziećmi.

Potem Krzysiek też poszedł, a ja siedziałem na murku, patrząc w niebo, aby zatamować krwotok z nosa. Miałem nadzieję, że na tym osiedlu chłopak z krwawiącym nosem sterczący przy trawniku jest czymś tak normalnym jak krzak dzikiej roży. Krzyki „Marcin!" przestały się rozlegać. Na osiedlu nagle pojawiło się dużo kobiet, wracających z pracy. Akcja musiała być zawieszana, kiedy matki masowo powracały do domów.

Teraz jest rano i nie ma się czego bać. Wieczorem przyjdzie Robert, ale nie ma strachu, bo jest wtorek i mogę być ujarany. Będę go całował, z takim słodkim spokojem. Ostatnio jego też nie podniecało, tylko uspokajało. Mam chyba taki dar, że moje pocałunki uspokajają zamiast podniecać. Tam, gdzie całuję, nie powstają żadne ślady i nic nie podrażnia Roberta. Pod moimi ustami znikają duże siniaki, które znalazłem u niego na plecach. Szukam najbardziej wrażliwych punktów do całowania, żeby jeszcze mocniej czuł, że każdy mój pocałunek to porcja ciepła.

Ale to wieczorem, bo teraz czeka mnie coś może jeszcze bardziej słodkiego. Wychodzę z domu i po małym błąkaniu się, które mnie samego rozczula, znajduję przystanek. Płynnie przedostaję się do ciepłego, mruczącego autobusu, w którym kołyszę się w ciemności, bo z zamkniętymi oczami. Jadę do mojego dawnego domu.

Trwa to dwie godziny, podczas których przelewa się we mnie coś gęstego, co od wewnątrz rozkosznie masuje nie tylko każdy centymetr sześcienny mojego ciała, ale także każdą myśl. Tak jest, kiedy jesteś tylko jednym, potężnym i dobrym uczuciem. Każdy powinien tym być.

Kiedy dojeżdżam, idę do domu przez las, a potem obserwuję go spoza gałęzi. Przez godzinę nic się nie dzieje i nikogo nie widać, i jest mi bardzo dobrze. Potem przychodzi mi do głowy, że może nikogo nie ma w domu. Kasia pewnie jest na uniwersytecie. Dzieciak — z mamą w kawiarni rodziców. Mam klucz, nie wyrzuciłem go. Jeśli zmienili zamki, to tylko postoję pod domem.

Okazuje się, że zmienili, ale zapomnieli o garażu. Albo nie wiedzieli, że mam też klucz od garażu. Z betonowego podziemia przechodzi się korytarzem do kuchni, gdzie piekarnik, niedawno wyłączony, promieniuje ciepłem i intensywnym zapachem szarlotki.

Psy szaleją na mój widok. Kika liże mnie po rękach, a Hetman, taki bydlak, kładzie się na plecach jak mały szczeniak. Muszę go podrapać po brzuchu. Ale gdyby się nie nadstawił, sam bym się pod nim położył, żeby to zrobić.

— Gabrielek, Gabrielek! — słyszę nagle zza ściany. Ktoś tam powoli przemieszcza się w kapciach.

Jak zawsze, kiedy jest jakieś zagrożenie, pojawia się coś w rodzaju takiej miłej rezygnacji, jakbym miał słodko zasnąć. Zapomniałem o babci. Ona nigdy nie wychodzi z domu, chociaż właściwie można się nie przejmować, bo na pewno zamknięta jest na klucz w swoim pokoju. Zawsze ją zamykają, kiedy wychodzą z domu, bo babcia pozostawiona sobie potrafi zrobić dużo dziwnych rzeczy. Teraz musiała zobaczyć mnie z okna, kiedy wchodziłem na podwórze. Pewnie siedzi cały dzień przy oknie.

— Gabrielku! — woła coraz głośniej, jakby bała się, że znowu zniknę. Głos ma jak zwykle niewyraźny, ale nie słychać w nim jakiegoś specjalnego strachu. Raczej jest to coś łagodnego i robi mi się bardzo, bardzo miło, kiedy zdaję sobie z tego sprawę. Ale może po prostu rodzina nie powiedziała jej, co zrobiłem. Raczej na pewno.

Idę cicho do pokoju dziecinnego. Kiedy widzę łóżeczko, tylko przez chwilę robi mi się smutno. Potem zwycięża miłość. I spokój, który z niej wynika. To dobrze, że dzieciak jest tak mocno kochany. Nawet jeżeli nigdy nie będzie wiedział, kto go tak bardzo kocha.

Na biureczku widzę kartkę papieru i kilka foliowych reklamówek. Coś przychodzi mi do głowy. Przez jakiś czas siedzę przy biurku, zachwycony tym, co miłość może człowiekowi podszepnąć. A potem biorę długopis i piszę.

„Nie wiem, kiedy znajdziesz ten list. Czy domyślasz się, kto go napisał? Może nigdy nie powiedzieli Ci, że miałeś ojca. A może powiedzieli Ci, że był mordercą. Nigdy go nie spotkasz. Chcę Ci tylko powiedzieć, że jedyna dobra rzecz, która była w twoim ojcu, to miłość do ciebie. I ona przetrwa, bo jest tylko jedna miłość na tym świecie. Przelewa się z osoby w osobę, przechodzi z człowieka w człowieka, ale jest to jedna i ta sama miłość. Twój ojciec nie wytrzymał miłości, i dlatego umarł. Ale Ty spotkasz ją nieraz, w oczach innych osób, w ich ciele, mam nadzieję też, że we własnym ciele i we własnym umyśle. I wtedy spotkasz też mnie. To, co było najlepszego w Twoim ojcu".

Potem biorę nóż z kuchni. Powolutku podważam jedną z klepek parkietu w pokoju dziecka. Pod spodem chowam list, owinięty folią aluminiową dla ochrony i przykrywam klepką. Nic nie widać. Znajdą go dopiero przy jakimś remoncie.

Teraz trzeba sobie pójść. Wychodzę, zamykając drzwi od garażu na klucz. A kiedy znowu jestem w autobusie, przysypiam i już zostaję w tym ciemnym, spokojnym miejscu, gdzie jestem tylko ja.

Miałem małą przerwę w życiorysie, ale wcale tego nie żałuję. Dopiero teraz znowu jestem ciepły. Musiało się wiele wydarzyć, bo w mieszkaniu stoi także wieża z głośnikami. Prezent od Roberta. Przypominam sobie wszystko. To był bardzo ożywiony tydzień. Robert był u mnie w każdy wieczór, ale nic nie robiliśmy. Pilnował mnie tylko szczególnie uważnie, bo teraz wyjechał na pięć dni do Aten. Przed wyjazdem zapowiedział jeszcze raz, co zrobi, jak oleję robotę albo zajaram. I wiem, że to zrobi, chociaż jeszcze nigdy nikogo nie zabił. Przyznał mi się do tego. Może skłamał. Ale po co by tak kłamał? On przecież chce, żebym się go bał. Robert to nietypowy człowiek. Jedyny chyba człowiek, którego nie mogłoby złamać nawet absolutne szczęście, taki jest twardy. Gdybym był Robertem, mógłbym być tym ciepłym, płynnym stworzeniem w środku, a równocześnie byłbym mocny i twardy na zewnątrz.

Fajnie byłoby, gdyby Robert kiedyś się ujarał. To musiałoby być niezłe uczucie, bycie ujaranym Robertem. Mocno by się to wszystko czuło i bardziej świadomie, bo człowiek by tak często nie przysypiał. Robert to silniejszy organizm.

Idę do kibla. Nawet kiedy jestem sam w domu, najchętniej zamykam się w kiblu, bo tam jestem najbardziej sam. Tylko w kiblu jesteś naprawdę sam, jak w kosmosie. Wypalam pół ćwiartki brązowego proszku, bo chcę pobyć w tej rzeczywistości jak najdłużej. Tam przysypiam i widzę coś w rodzaju księdza, ale jakby niedokończonego. Sam ksiądz jest okej, ale najlepsze jest w nim to niedokończenie. Im jest go mniej, tym lepiej.

Biorę zapas na powrót i idę na osiedle matek. Na to brzozowe osiedle, gdzie mieszkają tylko samotne matki z dorastającymi dziećmi. Chcę znowu zobaczyć Chrystiana, póki w nim też jest coś ciepłego i miękkiego. Koniecznie muszę go zobaczyć, jak rozmawia z jakąś dziewczyną.

Po półgodzinie autobusowej kołysanki jestem na brzozowym osiedlu. I od razu wpadam na Chrystiana, który wychodzi z klatki schodowej. Kiedy go przepraszam, twarz mu się wygładza. Ale to nie musi być oznaka wrażliwości. Pewnie się uspokoił, bo pomyślał, że się go boję. Przeprosiny to za mało, żeby wydobyć z Chrystiana to, co miękkie i miłe. On widzi, że jestem ujarany, i pyta, czy mam towar. Ale ja mu go nie dam. Zajaranie z nim byłoby czymś już tak niesamowicie ciepłym, słodkim i miękkim, że od samej myśli przez chwilę nie mogę się poruszyć. Ale dopóki on ma w sobie coś miłego i miękkiego, nawet na trzeźwo, nie powinien jarać. Nie dam mu zajarać, i to dopiero będzie dobre. On może bardzo chcieć, może nawet trzeba będzie udawać, że mnie nie ma przez chwilę, gdyby znowu mnie uderzył. Ale nic mu to nie pomoże. Kiedy to rozumiem, ogarnia mnie kolejny potop ciepła. To cudowne, kiedy jesteś tak szczęśliwy i spokojny, że nie czujesz nawet podniecenia przed nadchodzącą falą rozkoszy, która i tak nadchodzi.

Wreszcie budzę się i przypominam sobie dokładnie, co robię dobrego. Ratuję Chrystiana. Ale kiedy zaczynamy gadać, okazuje się, że on nie jara, bo sam diluje. Na tym właśnie polega jego autorytet wśród chłopaków. Wśród chłopaków, bo z dziewczynami chyba jednak ma do czynienia tylko powierzchownie, jak wszyscy chłopcy tutaj. Po osiedlu chodzą mieszane grupy, ale chłopcy rozmawiają ze sobą, a dziewczyny — ze sobą. Być może, zazdrosne matki mają w tym swój udział. One są zdolne do wszystkiego.

Z grupą Chrystiana wlecze się chłopak o długich jasnych włosach i wielkim nosie. Nazywają go oczywiście Słoniu. Powiedzieli mi, że jest ciągle zaspany, bo matka-farmaceutka dodaje mu do jedzenia środki nasenne. Jest spokojna, tylko kiedy on śpi. Wie, że wtedy Słoniu nie zrobi sobie ani nikomu innemu żadnej krzywdy.

Oczywiście, może go tym faszerować tylko dlatego, że Słoniu nie ma żadnego innego źródła pożywienia, bo nigdzie nie pracuje. Chociaż trudno powiedzieć, co tu jest skutkiem, a co przyczyną.

Jak się dowiedziałem, Słoniu uodpornił się już trochę na te środki i około południa przywleka się z domu na osiedle. Ale nadal jest słaby i nie może pić alkoholu, bo natychmiast przysypia.

I Chrystian ratuje go wtedy amfetaminą, którą daje mu na krechę, a właściwie za darmo. Zasadniczo jestem przeciwny amfetaminie. Amfetamina to kurwa. To kurewstwo, która podnieca, a nie daje nikomu żadnego spełnienia. W tym przypadku jednak jest zbawienna, bo zbija senność Słonia.

Budzę się rano lekko ujarany i przypominam sobie, co się działo. Przede wszystkim, wymiotowało się, nawet na trzeźwo. Organizm kiedyś był silniejszy.

Na trzeźwo była cała środa. Chodziłem z Chrystianem i chłopakami aż do wieczora, a wieczorem usłyszeliśmy hałas z okolic pobliskiego śmietnika. Wrzaski i taki odgłos, jakby ktoś drapał metal. Naokoło śmietnika, który ma formę altanki z metalowej siatki, biegała jedna z matek. Trzymała w ręku kuchenny nóż do chleba. Inna matka przed nią uciekała. Wyzywały się nawzajem. Ponieważ śmietnik ma dwa wyjścia, jedno z lewej strony, a drugie z prawej, uciekająca mogła co chwilę do niego wbiegać, nie obawiając się, że znajdzie się w pułapce. Goniąca nie zawsze wbiegała za nią do środka, czasem wahała się, które wejście wybrać. Wtedy obie kobiety zatrzymywały się, dyszały i patrzyły na siebie przez siatkę, a goniąca kłuła nożem między metalowymi oczkami. Próbowała przestraszyć tamtą.

Obok śmietnika stało dwóch chłopaków, którzy przyglądali się całej sprawie. Chrystian zapytał ich, co się dzieje. Okazało się, że jeden dał trochę amfy drugiemu, który akurat był na przymusowym domowym odwyku. Matka odwykowca miała jednak pretensje nie do dawcy, a do jego matki. Okrzyki w rodzaju „ty kurwo, jak go wychowałaś" były powtarzającym się samplem tej gonitwy. Patrzyłem na Chrystiana i zastanawiałem się, jak reaguje na coś takiego. I chyba nie myślałem, że już następnego dnia się dowiem.

Czwartek też był trzeźwy. Zobaczyłem matkę Chrystiana. Była zupełnie nijaka, o ile dobrze widziałem, bo stałem trochę dalej. Miała chyba z pięćdziesiątkę i włosy ufarbowane na brązowo. Podawała synowi siatkę z zakupami. Miał ją zanieść do domu. Stali niedaleko pawilonu, gdzie były sklepy i punkty usługowe.

Z apteki wybiegła ubrana na biało kobieta, prostowłosa blondynka. Była jeszcze dosyć ładna. Podbiegła do matki Chrystiana i uderzyła ją w twarz tak, że nawet ja, który stałem przecież daleko, podskoczyłem. Okulary się rozbiły.

Atakująca coś krzyczała o więzieniu i obozach. Matka Chrystiana nie zareagowała. Płacząc, poszła do domu. Chrystian biegł za nią, próbował łapać za rękę, ale nie reagowała.

Pamiętam, co pomyślałem. Pomyślałem, że wiem już, jak myślą matki. One wierzą, że za to, co robi syn, nie jest odpowiedzialny ani on, ani nawet koledzy, którzy go zdemoralizowali. Odpowiedzialne są matki kolegów, które źle ich wychowały. W związku z tym musiała się wytworzyć taka sytuacja, że matki nie karzą synów, tylko urządzają dzikie awantury innym matkom. A synowie prawdopodobnie nigdy się nie mieszają w to, co robią matki, i nie próbują ich powstrzymać.

Potem był wieczór i siedziałem obok Chrystiana. Nic nie mówił, a ja bałem się otworzyć usta. Ta kobieta, która zaatakowała jego matkę, to była matka Słonia i Słoniu teraz był z nami. Patrzył na Chrystiana przepraszającymi, podpuchniętymi oczami. Może liczył na jakiś znak, który świadczyłby o tym, że Chrystian nie ma do niego żalu. A może mu współczuł.

Potem pojawiła się matka Słonia i Chrystian jakby zamarzł. To znaczy, zupełnie przestał się ruszać i zrobił się biały. Autentycznie biały, tak że świecił w ciemności jak latarnia.

Ona, całkowicie pewna swej nietykalności, weszła między nas i złapała Słonia za rękę. Szarpnęła go i pociągnęła za sobą. Wlokąc go, próbowała przejść przed Chrystianem.

I wtedy ten nagle złapał ją za rękę. A kiedy przewrócił ją na ziemię, w pierwszej chwili nie usiłowała nawet się bronić.

Słoniu ruszył do przodu, w stronę kulącej się ze strachu matki, ale zatrzymał się, może dlatego, że zobaczył Chrystiana. Nawet nie jego twarz, ale tył głowy.

Chrystian siedział już na matce Słonia. Wymierzył jej najpierw dwa głośne policzki. Jej krzyki też były głośne. Zaczął zrywać z niej koszulę, kompletnie nie zwracając uwagi na to, że Słoniu kiwa się za jego plecami. Kiwał się, podnosił rękę do góry, a potem nie wiedział, co z nią zrobić. Kobieta krzyczała, chociaż Chrystian zatykał jej usta ręką, a potem ciuchami.

W ten sposób zobaczyłem wreszcie Chrystiana z kobietą. Wolałem go jednak przedtem, nawet chwilę przedtem, kiedy jej tylko nienawidził. Bo w pewnym momencie, kiedy rozrywał jej koszulę, przestał się mścić. Jego biała, prawie fosforyzująca twarz nie była już zawzięta. Widać na niej było tylko coś w rodzaju ulgi, nawet nie przyjemność.

Rozległ się suchy, ale bardzo głośny huk. Z głowy Chrystiana trysnęło coś ciemnego, mokrego, co pachniało jak ryby, raki, owoce morza. On sam opadł na kobietę, która zaczęła się spod niego wydobywać.

Przy śmietniku stał doradca. W pierwszej chwili nie domyśliłem się, co on tutaj robi, a właściwie co zrobił. Zobaczyłem tylko, że wszyscy inni uciekli.

Zrozumiałem, co się stało, kiedy doradca wymierzył coś czarnego w moją stronę i to była lufa, pistolet. Przestraszyłem się tak bardzo, że zacząłem zajmować się trupem. Próbowałem go podnieść, żeby pokazać doradcy, że jestem po jego stronie, że jestem dobry i pomogę mu uprzątnąć ten bałagan. Pomagałem także podnieść się matce Słonia. I moje palce znalazły się w czymś mokrym i ciepłym, ale to mogły być jej wymioty. Powiedziałem głośno, że trzeba zawieźć ją na pogotowie.

Obok na trawie leżał Słoniu. Jego matka, szlochając i wypluwając kawałki wymiocin, najpierw się nad nim pochyliła, a potem z niezwykłą siłą zaczęła go bić po twarzy. Silniej nawet niż bił ją Chrystian. Ale Słoniu się nie budził. To mogło być coś z sercem, zniszczonym od ciągłego mieszania środków nasennych i amfetaminy. Od amfetaminy serce szaleje. W gruncie rzeczy Słoniu musiał prowadzić dosyć niespokojne życie, mimo starań matki.

Ciągle grożąc pistoletem, doradca kazał mi załadować matkę i syna do samochodu. Potem gdzieś pojechaliśmy, na policję albo na pogotowie. W starym samochodzie doradcy wszystko podskakiwało, przede wszystkim głowa Słonia na moich kolanach. Siedziałem, ale czułem się, jakbym leżał, jakoś tak mocno wpasowałem się w siedzenie tego podskakującego samochodu. Doradca mówił coś do siebie, ale głośno, o zwierzętach. O tym, że powinny mieszkać w norach w ziemi. I że człowiek pluje sam sobie w twarz, że dał im mieszkania. Bo to on dał im mieszkania. Wtedy, jak te osiedla zaczynały się budować, on wpadł na pomysł. Bo był taki okres, że było dużo panien z dziećmi i pisały podania. I były duże moce inwestycyjne, budowali tę dzielnicę. I on zrobił tak, żeby powstała dzielnica dla takich panien. Żeby je umieścić razem, bez wrogiego środowiska, żeby nikt ich palcami nie wytykał. Bo wtedy o wszystkim się myślało, o ludziach się myślało. I teraz, zamiast po rękach całować, nienawidzą. Żeby wtedy wiedział, toby nie wziął mieszkania na tym osiedlu. Wziął, bo się budowało, a on akurat potrzebował i nie myślał, że to będzie taki błąd. Że teraz będzie musiał użyć broni. Ma pozwolenie na broń od trzydziestu lat. Nigdy nie użył we własnej obronie. Ale musiał, w obronie innej osoby. To miało być najlepsze osiedle dla kobiet.

Kiedy doradca zatrzymał się na chwilę na światłach koło Multikina, gdzie przed nami przejeżdżał sznur samochodów, wyskoczyłem na zewnątrz, w zarośla.

Kiedy uciekałem przez podwórka, pociłem się tak strasznie, jak gdybym nie był człowiekiem, tylko o wiele bardziej wodnistym organizmem. Ale doradca nie strzelał za mną ani nie gonił, miał już chyba dosyć kłopotów w swoim samochodzie.

Było mi tylko bardzo zimno i ubranie lepiło się do mnie, kiedy biegłem między osiedlami, a potem przez zarośla na skarpie. Jak tylko dostałem się do domu, rzuciłem się na towar i paliłem tak długo, aż zrobiło się dobrze.

A teraz leżę na podłodze i biorę kolejnego porządnego macha z folii. A potem jeszcze jednego. Mam słońce w głowie. Co chwilę przysypiam i widzę twarze. Wyglądają jak twarze ludzi, ale to nie są ludzie. Absolutne szczęście ich zmieniło i już nigdy nie będą mieć innego wyrazu twarzy, nawet nie otworzą oczu. Kiedy się budzę, też widzę twarz, twarz Roberta. Jednak nie wyjechał na pięć dni. Nie wiem, czego chce, ale życzę mu, żeby to dostał. Życzę mu, żeby był tak szczęśliwy jak ja.

On wyciąga w moją stronę rękę z czymś czarnym. To znowu jest lufa, pistolet. Ale jestem już dalej, niż on mógłby mnie posłać.

TO BYŁO JAK ZDERZENIE. Jak zderzenie z czymś kurewsko twardym. Ale ja jestem tak kurewsko miękki, że zrobiła się z tego zajebista pieszczota. Coś jak beton zrobiony z człowieka. Taki umięśniony, nieogolony i sprasowany razem człowiek albo ludzie, że aż robi się z tego coś takiego jak beton. Ale ze wszystkiego robię coś supermiękkiego, idealnego do miętolenia. Tak mam z każdym. I ze sobą oczywiście też, przede wszystkim. Bo ja jestem najmocniejszy i najmiększy.

Tak mniej więcej wyglądają moje przebudzenia, kiedy budzę się, ciągle ujarany.

Jest mi tak dobrze, że kucam na łóżku. A potem przypominam sobie, że przecież mam szminkę. Próbuję nią pomalować prześcieradło na wiśniowo. Wychodzą tylko różowe linie, ale takie są jeszcze lepsze, przysypiam na nich, bo jest mi ciepło, jak we własnym brzuchu.

A jak się budzę, w gardle mam coś suchego, ale to nie drapie. Kaszlę i to wypada. Takie małe i brązowe. Ciągle jest mi strasznie dobrze. Mam tak gorąco, słodko, ale ciemnawo, jakbym zamiast wszystkiego miał tylko czekoladę w płynie.

Zaraz potem robi mi się tylko trochę mniej dobrze, ale otwieram sobie taki segregator ze zdjęciami z leśnych działek. Kazałem je zrobić do dokumentacji, bo tam buduję parę rzeczy. Ale to w ogóle ładne zdjęcia, takie z nastrojem. Tylko ciągle mam tak, że jest mi trochę mniej dobrze. Na jednym zdjęciu jest taki stary domek działkowy, ale ładny, z takim góralskim daszkiem.

Wtedy przypominam sobie o szmince, a potem znowu zapominam. Znowu mi się robi ta czekolada wszędzie i dopiero jak się budzę, mogę pójść przed lustro, żeby zrobić sobie duże różowe koła na policzkach. Maluję też usta. Kolor herbacianej róży zawsze mi się podobał. Nie był tylko słodki, miał coś jeszcze. Ale teraz trochę bardziej go rozmazuję i robi się coraz bardziej różowy. Cienie pod oczami robię sobie srebrne. Tak żeby wiedzieli, że jestem też mocna. Nie tylko słodka. Bardzo słodka, ale przeszłam też różne takie rzeczy i umiem być zimna. Będą mnie jeszcze bardziej szanować. Nie kończę cieni, tylko je zaznaczam, robię sobie parę kresek pod oczami, bo tak jest lepiej.

Zasypiam i budzę się, a na prześcieradle coś z mojej twarzy odcisnęło się na różowo, z ust, z policzków i spod oczu. Taka lekka twarz, taka wolna i szczęśliwa, jakby sam zarys. Ale coś podobnego, takiego lekkiego dzieje się ze mną. Wypluwam coś z najgłębszej części gardła. Potem wstaję, ale jest cudownie i siadam.

Potem jaram jeszcze trochę. Muszę podejść do szafy, więc robi się trochę mniej dobrze, ale kiedy ją otwieram, mogę położyć się na podłodze. Zamykam oczy jak w ciepłej kąpieli i mruczę sobie cicho, a jak znowu patrzę, widzę głowy z szafy. W szafie stoją głowy, bez oczu, plastikowe, a na każdej jest inna odblaskowa peruka. Patrzą na mnie. Myślę sobie, że są to Galaktyczne Nauczycielki. Przyleciały tutaj, żeby kochać, a czasem gwałcić mężczyzn, i przez chwilę jest bardzo fajnie, a jak myślę, że są z plastiku, to robi się jeszcze milej.

Kiedy znowu się budzę, nakładam sobie perukę. Przez kilka godzin turlam się na pościeli, coraz wolniej i wolniej. A później znowu jaram.

Pamiętam, że następnego dnia rano budzi mnie coś w brzuchu. Jakbym miał urodzić coś martwego. To jest jak moje dziecko, ale nie może żyć. Ale to tylko taka myśl, nie aż tak przeszkadzająca, bo ciągle mam jeszcze to ciepełko z wczoraj. Myję zęby. Nie czuję smaku pasty. Ale czuję, że ona jakoś strasznie dobrze robi mi w środku. Dzwonię do

Kamiego. Kami stoi pod drzwiami, jest dzielnym opalonym szatynem, ale będzie bał się tu wejść. Chcę tylko, żeby sprowadził Ping-Ponga. Tak go nazywają. Pierwszego dnia po tym, jak się tamto wydarzyło, kazałem im go nazywać Geniusz. Ale oni myśleli, że żartuję.

Geniusz w ogóle wziął się stąd, że kiedyś chłopcy opowiedzieli mi o wietnamskim barze Tygrys. Gotował tam jakiś żółty gówniarz, który robił zajebiste rzeczy. Chłopcy mówili, że to najlepsze rzeczy, jakie jedli w życiu. Oczywiście, w życiu to oni nie jedli dużo różnych rzeczy. Nie mogliby poprowadzić programu „Gotuj z nami". Ale w końcu dałem się przekonać. No i prawda, okazało się, że Wietnamczyk zna też kuchnię chińską. Przywieźli mi najlepsze yu-zhou, jakie jadłem w życiu, tylko że się nazywało kurczak pikantny, obrzydliwie i po budkowemu. Kazałem dzieciom, żeby się zakręcili wokół żółtego. To nie było trudne, bo wszyscy Wietnamczycy palą. On zaczął gotować dla chłopców za darmo, żeby dostać heroinę. Chłopcy mieli go nauczyć po polsku i trochę im się udało. Wietnamczycy szybko się uczą. A ja musiałem się z nim rozmówić. Nie chciałem z nim gadać przez tłumacza. Nie chciałem, żeby jakiś Wietnamczyk wiedział o tej rozmowie. Wiedziałem, że prawie na pewno chłopiec będzie się bał zgodzić. Zgodził się pod warunkiem, że nigdy nie będzie musiał gotować na wynos. Bał się, że jak jakiś Wietnamczyk zje zrobione przez niego żarcie, to rozpozna, kto je gotował. I w ten sposób jego dotychczasowy pracodawca i wierzyciel — u Wietnamczyków jakoś tak jest, że pracodawca jest zawsze wierzycielem — niejaki pan Tranh dowie się, gdzie przepadł jego kucharz. Spokojny pensjonat, schowany w lasach, za Warszawą, to bardzo podpasowało mojemu małemu Wietnamczykowi, bo bał się, że pan Tranh będzie go wszędzie szukać. Chłopiec ciągle pachniał imbirem, ale ja to jakoś lubię.

Jak się wydarzyła tamta historia, bardzo potrzebowałem czegoś miękkiego. Kazałem mu przyjechać na całą noc. Nawet nie musiał jarać. Jak się poznaliśmy, on miał już wyrwane to, od czego ludzie robią się twardzi. Myślał, że będzie porcja ostrych pieszczot. Ale ja nie dałem rady wytrzymać i zanim on przyjechał, sam sobie wziąłem trochę tej miękkiej rzeczy i potem tylko go głaskałem, a jeszcze potem siebie. A najlepsze w tej nocy było to, że tak naprawdę do tej pory się nie skończyła. Do tej pory nie wyszedłem z pokoju.

Robię sobie nowy make-up na przywitanie chłopca. Cesarzowa. Skośne cienie, fioletowozłote. Usta też na wiśniowofioletowo. I granatowa peruka. Cesarzowa, ale taka słodka i słaba dzisiaj. Jak gdyby miała przysnąć. Jak gdybym miała przysnąć i już nie wrócić tu nigdy. Chociaż tutaj jest tak samo jak wszędzie, rozkosznie. Szukam blachy, ale właśnie Kami dzwoni. Przyszedł z Wietnamczykiem. Kami ma zapowiedziane, że nie wolno mu wchodzić ani nawet patrzeć do środka pokoju, na mnie. Spokojnie otwieram drzwi i równocześnie podpalam sobie blachę. Słodko jest mówić do Wietnamczyka. Rozumie tylko co drugie słowo, ale wie, że to same komplementy. Boi się trochę makijażu, ale widząc go, powolutku rozumie, że dziś nie będzie ostrych pieszczot. Chciałabym, żeby przestał się bać. Nie powinien się bać, bo Cesarzowa chce mu tylko podarować wszystkie ciepłe morza, w jednej chwili naraz. Dostaje srebro z moim żółtym proszeczkiem.

Jaram z nim drugiego, jeszcze mocniejszego macha. Mam głowę jak prysznic, leci z niej coś bardzo ciepłego do reszty ciała, w dół. Kładę zupełnie już miękkiego

Wietnamczyka na łóżku i rozbieram do pieszczot. Potem tylko trzymam go za rękę i jest cudownie. A jeszcze później puszczam tę rękę i jest jeszcze bardziej miło. Bardzo gorąco, dobrze i bez ruchu. Aż dzwoni telefon.

Najpierw dzwoni prawnik, mój prawnik, raz w tygodniu naprawdę mój. Zaraz po nim — radny, mój radny. Ciekawe, czy wiedzą, że rozmawiają z wielkim akwarium miodu, które wisi gdzieś wysoko i kołysze się jak dzwon. Pewnie tak, bo chcą się spotkać.

Nie wiem, czego chcą, a tak naprawdę to wiem, bo zawsze tak naprawdę chcą tego samego. Żeby wyciągnąć ich z tego wszystkiego, z tych wszystkich firm, stanowisk, biznesów, rodzin, dzieci, żon, domów. Z tego biegania w kółko za swoim własnym niewysranym jeszcze do końca gównem. Żeby ich rozebrać do naga i zanurzyć w czymś takim jak to morze w Izraelu. Niby Martwe, a ciepłe. Ale Cesarzowa już zaczęła robić dla nich domek. Będą mogli się w nim schować. I serwować sobie najsłodszy relaks świata tak długo, jak długo to zniosą.

Powoli zaczyna robić się ciemno, ale ciągle dobrze widać trawnik. Wygląda jak zielony obrus z plamami. Wszędzie leżą te duże, brązowe kawały w bordowych kałużach sosu. Ja też mam gdzieś bordową szminkę i jak się wieczorem zamknę z Wietnamczykiem albo sam, to zrobię prawdziwy make-up. Może nawet na całym ciele, moim albo jego.

Drewniane drzwi, takie jakby wrota od stajni, są otwarte. Ktoś stoi w drzwiach z tacą, ale przysypia i kiwa się. Całuję go po głowie i karku. Mruczy, ale się nie budzi. Wcześniej był tutaj pensjonat agroturystyczny, ranczo, szkoła jazdy konnej, stajnie. Kupiłem go ze wszystkim. Na otwarcie wymyśliłem sobie, żeby zrobić tatarskiego grilla, jak w takim filmie o Dżyngis-chanie. Pokazywali go kiedyś w telewizji, jak jeszcze pokazywali mongolskie filmy. Wietnamczyk musiał wylać całą wodę z basenu, żeby nalać tam takiej zalewy grillowej, na wysokość metra. Znalazłem go potem w tej zalewie, ale głowę miał nad powierzchnią. Chciałem go wyciągnąć, żeby ocet i papryka nie poparzyły mu zabaweczek, które ma w spodniach. Ale sam przysnąłem, a jak się obudziłem, to zaczynało się robić ciemno i chyba go już tam nie było. Jaram sobie jeszcze parę razy po małym maszku.

Każde z moich dzieci ma swój apartamencik. Apartamenciki są malutkie, ale bardzo miękkie. A oni nie potrzebują większych. Z żadnego okna nie ma znaku życia. I bardzo dobrze. Nie trzeba, żeby ruszali się, chodzili, są przecież u swojej najlepszej mamy. Myśleć też nie muszą za bardzo, nawet nie powinni, żeby sobie nie mącić tej czekolady. Jeden ma nawet własną firmę, małą, ale niezłą, bo wymyślił taki zestaw koktajlowy, plastikowy talerzyk z taką obsadką na kubeczek, tak że można jeść na stojąco i postawić kubek na tym samym talerzyku, z którego się je, żeby nie zawadzał. Wymyślił to, a teraz wszyscy to kupują od niego, bo nikt wcześniej na to nie wpadł. On niby mógłby teraz sobie o czymś myśleć, bo pewnie większość myśli ma przyjemnych. Ale po co? Tak zwany sukces ma się nie po to, żeby o nim myśleć, tylko po to, żeby już o niczym nie musieć myśleć.

Z budynku wychodzi Kami. Każę mu zabrać kumys. Robi to jakoś wyjątkowo sprawnie. Bo poza tym ogólnie jest spowolniony. Poprosił mnie dzisiaj o pozwolenie na ujaranie. Bał się, biedak. Nie trzeba się mnie bać. Ja wiem najlepiej, że wszyscy potrzebują trochę szczęścia. Pewnie chciał zajebać kumys i wypić go jutro, żeby go przeczyściło. Może trzeba mu kazać, żeby go wypił teraz. I zwymiotował, oczywiście. Taka mała kara.

Znowu się budzę. Jest już prawie zupełnie ciemno. Kawki trochę skrzeczą, ale jakoś nieśmiało. Nasze konie muszą je podniecać, ale są dla nich ciągle za gorące albo za ostre. Jeden z nich się chyba ruszył. Nie, to ktoś przysnął przy koniu. Może go przyciągnęło ciepło pieczeni. Ale po co mu jeszcze jakieś takie ciepło? Sam musi być ciepły jak nigdy. Jak przysnę, a potem się obudzę, to wyciągnę go z kałuży i ujaram bardziej. Chociaż nigdy nie będzie aż tak ujarany jak ja.

Następnego dnia rano budzę się z taką słodką resztką ujarania, ale prawie trzeźwa. Wyglądam przez okno. Mrówki zrobiły sobie coś w rodzaju mrowiska w jednej z naszych klaczy. Ale jakieś takie spokojne mrowisko.

Otwieram drzwi od pokoju. Czekam na bełkot zakneblowanego człowieka, ale najpierw wchodzą chłopcy i stają zupełnie cicho, kiedy widzą mój nowy make-up.

— Śmierć — przedstawiam się. Dopiero wtedy uspokajają się i wracają do swojego zajęcia. To znaczy, taszczą fotel, na którym siedzi przywiązany Łukasz. Jest zakneblowany i ma bandaż na rękach, tam, gdzie jest kciuk.

— Raz na tydzień to za mało — uspokajam go. — Ja wiem. Nawet raz dziennie to może być za mało, jak chcesz się poczuć tak jak ja.

Widzę parę takich różowych rozmazańców, które coraz częściej widzę, i nie mogę trafić igłą w jego żyłę, chociaż chyba mu nabrzmiały. Łukasz cicho płacze. Szkoda, że nie ze wzruszenia. Każę, żeby Kami dokończył zastrzyk. Kami zastrzyki umie robić, kiedyś robił sobie.

Przez chwilę oczywiście Łukasz przeżywa to, co ja. Potem oczy mu się wydłużają i robią skośne, a przez knebel przeciekają takie brązowe potoczki. To wymioty, dusi się nimi. Każę wszystkim chłopakom ze mną zajarać, bo chyba dobrze im to zrobi. Podaję im folię, pokój wypełnia się dymem i robi się taki klimat, jak na obiedzie u starej, mądrej, bardzo kochanej krewnej.

O pierwszej przyjeżdża radny. Nigdzie nie może znaleźć swojego dziecka, które uciekło z ośrodka już trzy miesiące temu. Dopiero teraz, gdy ma taką szarą, nieruchomą twarz, widać, jak bardzo podobny jest do syna. Mój makijaż chyba mu przeszkadza. Może myśli, że ma to coś wspólnego ze sprawą klubu.

Trzeba założyć klub zamknięty, tylko dla kilkudziesięciu osób. Kupiłem właśnie piwnicę w centrum, zupełnie odpowiednią. Zasada jest taka, że w klubie przez 24 godziny na dobę jest przynajmniej jedna ujarana osoba. To będzie miejsce, w którym zawsze będzie heroina. I jak ktoś będzie chciał kupić brauna i się ujarać, zawsze będzie mógł tam przyjść. Będzie tam miał jakby taki swój lepszy domek. Dla tych, co nie mogą wyjechać z miasta do mojego domku na wsi. Znam kogoś, kto mógłby taki klub poprowadzić i nawet ozdobić go złotymi drucikami, chociaż może ten ktoś niedługo umrze. Radny boi się tej zabawy z klubem. Boi się wpadki, akcji z policją, kompromitacji i czego jeszcze może bać się taki radny. Ale bardzo chce, żebym mu pomogła znaleźć syna. A ja mu pomogę. Dam mu coś lepszego od syna. Dam mu ulgę.

Wyciągam folię i czekam. Po kilkunastu sekundach radny pokazuje na folię. Wybrał, żeby się jednak poczuć lepiej. Wciąga trzy głębokie machy i robi się miękki, prawie pluszowy, tak że mogę go macać, przewracać i podnosić.

Zaczynam jednak myśleć, że może jeszcze lepiej będzie, gdy pokażę mu jego syna. Zobaczy, jak wielkie nieszczęście w ogóle go nie boli. I dopiero wtedy zrozumie, jak zajebiste jest to szczęście, które czuje.

Patrzy prosząco na mnie i na blachę.

— Spokojnie. Księżniczka Heroina zaraz do ciebie przyjdzie — mówię. A on powoli zaczyna rozumieć, że nieprawdziwy nie jest makijaż, tylko to, co jest pod nim.

Kołyszę go bardzo powoli na łóżku, a on rzyga na jasno.

Kiedy radny jest już w swoim najlepszym śnie, dzwonię do tak zwanego Złamanego. Tak go nazywają, bo ma złamany nos. Mieszka w kawalerce, wypełnionej resztkami złotych drucików. Złote druciki to jego obsesja i kiedyś masę ich nakupił. Teraz je wyprzedaje, żeby kupić brauna.

— Halo? — mówi Złamany tym swoim grubym, ale trochę miauczącym głosem, jak u dziecka olbrzyma.

— Halo, to ja — odpowiadam i wiem, że ma takie mróweczki, które mu chodzą po plecach. — Masz do mnie zaraz przyjść.

— No bo wiesz, no ja przyjdę, ale nie wiem, jak bardzo to będzie zaraz, bo wiesz...

— Bo co?

— No bo ja ci przysnę z parę razy, jak wyjdę na miasto. No bo wiesz, no bo to powinno być tak, żeby wszędzie na mieście były takie małe kapsuły, dokładnie wielkości człowieka, nie większe, obite od środka jakąś materią. Żeby jak idzie człowiek po mieście i nagle za bardzo poczuje, że nie jest u siebie, żeby mógł tam się schować i żeby tam nic innego nie było.

— Szykuję dla ciebie takie miejsce, że jak raz przyjdziesz, już nie będziesz musiał wcale wychodzić.

Słyszę, jak gdzieś tam po drugiej stronie słuchawki przewalają się jakieś ciężkie masy. Chyba wstaje, chyba przyjdzie. I chyba rzeczywiście już więcej nie wyjdzie.

Wzywam Kamiego do mojego zamkniętego pokoiku. Kami dziś jest trzeźwy i twardy. W ogóle często musi być twardy, bo musi pilnować, żeby wszystko grało i tak dalej. Za każdym razem, kiedy jara, supermocno to przeżywa, bo to jest coś, co łamie twardego chłopca. Wymyśliłam nawet dla niego specjalne ćwiczenie, żeby na trzeźwo poczuł takie samo miękkie oddanie, jak wtedy kiedy bierze człowieka heroina.

Wczoraj jarał, więc na pewno ma zatwardzenie jak skurwysyn. Na środku pokoju kładę wielkie lustro w złotych ramach. Kami wchodzi do pokoju, a ja każę mu się rozebrać i kucnąć nad łóżkiem.

Potem jest mi tak dobrze, że zasypiam na minutkę. Kiedy znowu widzę Kamiego, wcale nie jest rozebrany. Stoi nad tym lustrem i ciągle na mnie patrzy. Mam taką wizję, że Kami będzie kucał, stękał i próbował się wysrać na mój rozkaz, a ja będę sobie patrzyła na jego odbyt w lustrze, czy jakiś zeschły brązowy glut jednak nie wychodzi. Mówię mu, że to taka mała kara za ten zajebany kumys i za to, że się wtedy tak ujarał, że zasnął przy pieczonym koniu. Ale on ciągle się nie rusza.

Może ma jakąś inną wizję. Na przykład taką, że ja jestem związana, leżę policzkiem na koniu i dmucham na mrówki koło mojej twarzy, żeby je odstraszyć, a on przykłada mi pistolet do głowy i pyta, gdzie jest heroina.

Znowu budzę się po paru sekundach snu, ale nic się nie zmieniło, bo Kami wciąż stoi przede mną. Wpasowuję się tak dobrze w fotel, jak gdyby wcale mnie tu nie było. Potem mówię Kamiemu, że to był żart, a jak dalej się na mnie gapi, daję mu blachę. Bierzemy sobie po trzy machy i jemu nagle już nic nie przeszkadza, nawet to, że owijam się dookoła niego. Jakbym mu kazała postękać nad lustrem, może by postękał, chociaż teraz to już na pewno by się nie wysrał. Ale nie musi. Teraz już jest mu dobrze, prawie tak jak mnie.

Bo jeśli o mnie chodzi, zawsze mam szczęście, prawdziwe, największe, takie, że już się nie da powiększyć. Ale właśnie dlatego nie mogę się powstrzymać i każdemu, naprawdę każdemu, chcę to dać. Tym bardziej, im mocniej ktoś może to przeżyć. Jak mój mały, twardy Kami. A jest jeszcze ktoś twardszy, wypróbowany. Taki jak się złamie, to z rozkoszą.

Potem przychodzi Złamany, a właściwie chłopcy meldują mi, że znaleźli go przy bramie, na chodniku, szczęśliwego. Nie mogę się oprzeć, żeby nie wyjść i nie popatrzeć na niego. Jego twarz ze złamanym nosem i irokezem to niezły widok, ale nie o to chodzi. Chcę sobie popatrzeć na człowieka, który chciał najtotalniej połączyć się z Cesarzową Heroiną.

Kiedy wychodzę do niego, jest mu tak dobrze, że trudno z nim rozmawiać. Ja zresztą wcale nie muszę rozmawiać, bo jest mi tak dobrze, jak jemu, a nawet trochę lepiej. Tyle że mój organizm jest mocniejszy i nie przysypia tak łatwo. Jego wielkie oczy gapią się na mnie, na pewno czuje, że jestem całkowicie wypełniony tym samym, co on. Może nawet czuje, że w moim przypadku nie ma nic więcej. Każę chłopakom zawieźć go do naszej piwnicy w Śródmieściu i powiedzieć mu, co ma robić, kiedy już będzie mniej szczęśliwy.

Wracam do pokoju i włączam radio na moją od pewnego czasu ulubioną stację.

— Ale to powinno być legalne — jakiś gówniarz szczeka jak takie małe czarne pieski, chyba ratlerki.

— To prawda — mówi Mat swoim grubym głosem — to powinno być legalne, bo człowiek jest wolny i ma prawo robić ze sobą, co chce. Ale dlaczego ty się tak strasznie, no, podniecasz? Zakaz ćpania może wkurzyć. Ale aż tak bardzo wkurza głównie tych, którzy po prostu chcą ćpać. Czy ty chcesz ćpać?

Milczenie. A potem kwęka sygnał „zajęte".

— Hm — zastanawia się Mat. — Czy to tak trudno odpowiedzieć na takie pytanie?

Dzwonię na numer antenowy dla słuchaczy tak szybko, jak mogę. Znam go już na pamięć, chociaż dzwonię po raz pierwszy.

— Mamy telefon. Halo?

— Halo — odpowiadam.

— Kim jesteś?

— Nikt taki jeszcze do ciebie nie dzwonił.

— Ooo. A kim dokładnie jesteś?

— Jestem heroina.

— Słucham?

— Jestem heroina.

— Jesteś brązowym proszeczkiem?

— Nie. Jestem tym, co czujesz po brązowym proszeczku.

— Tylko tym? No to ubogie masz życie.

— Ubogie? A dlaczego tylu ludzi chce czuć to, co ja? Chcą czuć to i nic więcej. Każdy z nich chce być mną.

— Kwestia gustu. A może ty nam powiesz, brązowy proszeczku, co wolisz: chcesz być legalny czy nie?

— Myślę, że nie będę ani legalna, ani nielegalna, bo tak naprawdę już niedługo nie będzie nikogo takiego, kto mógłby zakazać. Będę tylko ja. Bo ludzie najbardziej chcą być szczęśliwi. I dlatego w końcu wszyscy przyjdą do mnie.

— Myślę, że nasi słuchacze śmieją się z tego, co mówisz.

— Mogą się śmiać. Ale ty najlepiej wiesz, że tak jest. Możesz mówić, co chcesz. Możesz powiedzieć na przykład, że jestem mordercą. Albo że jestem nudna. Ale czy zaprzeczysz, że dałam ci największe szczęście w życiu, i nikt inny ani nic innego już nigdy nie da ci czegoś takiego?

Milczenie.

— Hm — mówi wreszcie Mat. — Może i tak. Ale nie wiem, czy człowiek żyje po to, żeby być szczęśliwy. Nie wiem, czy szczęście zawsze robi ludziom dobrze. Pamiętam, co się działo, kiedy ćpałem. Byłem bardzo szczęśliwy, ale działy się takie rzeczy, że teraz nie mogę o nich spokojnie myśleć. I ciągle je sobie przypominam. A jak wy uważacie? Czy myślicie, że szczęście zawsze jest dobre dla człowieka? A może ktoś myśli inaczej? Nasz telefon...

Rozłączam się. Potem, kiedy Mat kończy program, dzwonię jeszcze do niego na telefon redakcyjny.

— Halo? To ja, heroina — mówię wesoło.

— O kurwa, to ty? Jak się nazywasz? Zajebista rozmowa wyszła. Byłeś niesamowity.

— Nie tak niesamowity, jak ty. Zdałeś egzamin.

— Jaki, kurwa, egzamin? — interesuje się Mat.

— Nie dałeś dupy heroinie.

— Słuchaj, powiedz mi, jak się nazywasz i co robisz.

— Mam taki ośrodek dla uzależnionych. Głównie dla alkoholików, ale dla heroinistów też. Może się zainteresujesz, bo robimy coś, czego nikt jeszcze w tym kraju nie robi. Mamy taki ośrodek agroturystyczny na południe od Warszawy. Sauna, dobra kuchnia. To, oczywiście, nie jest dla biednych alkoholików. I to nie jest zwykły ośrodek odwykowy. My ich nie uczymy, żeby nie pili.

— Nie. Serwujecie im Mai Tai, Blue Lagoon i Yellow Boxera.

— Można tak powiedzieć. My ich uczymy, jak obchodzić się z alkoholem. Jak pić mało. Jak pić dla przyjemności, ale tak, żeby się nie upijać. Robimy to, czego niby nie da się zrobić z alkoholikiem.

— Hm — zamruczał Mat — może, może... Wiesz, mam czasem jakiś problemik z alkoholem, może taki kurs by mi się przydał... Czekaj, ale powiedziałeś mi, że macie też heroinistów. Czy wy uczycie ich, jak jarać mało?

— Powiedzmy, jak jarać odpowiednio. Interesuje cię to?

— Nie.

Trzask. Mat odłożył słuchawkę. Chyba jednak nie chce, żeby było mu dobrze. To może być jedyny człowiek, który na to zasługuje.

Facet, który poznał szczęście, a jednak umie je odrzucić, to facet, który będzie na tyle silny, żeby wytrzymać szczęście. Jak najszybciej powinien być szczęśliwy.

Ojciec Mata wygląda jak skrzyżowanie wikinga z chomikiem. Ma długie białe włosy, białą brodę, szeroką twarz z dużymi policzkami i dużą szczęką. Wszystko razem przypomina tak zwanego Boga Ojca.

Przyszłam do niego bez makijażu. On wie, że jestem kimś, kto ma szczęście. I dużo pieniędzy. Ojciec Mata jest naukowcem, wykładowcą. Pierwszy raz umówiłam się z nim w jego gabinecie na uniwerku. Powiedziałam mu od razu, że kiedyś nie skończyłam tych moich studiów i nigdy nie zajmowałam się historią, ale bardzo mnie interesują nowoczesne badania historyczne, trochę szerzej potraktowane. Mam pieniądze i mogę sfinansować badania oraz wydanie książki na pewien specjalny temat.

On chciał wiedzieć na jaki temat.

Odpowiedziałam, że temat jest skomplikowany i lepiej go przedyskutować w komfortowych warunkach. Zaprosiłam go do siebie do domu. Przy okazji będzie mógł zobaczyć firmę eksportującą plastikowe zestawy koktajlowe, którą niedawno przejęłam. Tak żeby wiedział, skąd biorę pieniądze na sponsorowanie naukowców. I przy okazji może wpaść do mnie, do domu, zapoznać się z mistrzostwem moich kucharzy.

Od razu jak zobaczyłam jego policzki i usta, wiedziałam, że nie odrzuci takiej propozycji.

Trzy dni później siedzieliśmy w salonie gościnnym i piliśmy sake na gorąco. Nie bardzo chciało mi się wymyślać tematu do tych badań, więc jak przyszedł, powiedziałam mu o najprostszej sprawie. Chodziło o coś takiego, jak książki typu *Krótka historia grobów* albo *Światowa historia kolorów*. Tylko że to miało być o przyjemnościach. O tym, że ludzie odkrywali wciąż większe i mocniejsze przyjemności i pewnie zbliżają się powoli do tego, żeby odkryć największą przyjemność. Taką, że już nie będzie nawet małego miejsca na coś nieprzyjemnego. Mogłam sfinansować badania w całej Europie, gdyby trzeba było jeździć po jakichś uniwersytetach czy bibliotekach.

— To ciekawy temat — ojciec Mata uśmiechnął się w tej swojej białej brodzie. — Pozwoli pan, że zapytam, dlaczego tak pana zainteresował?

Miałam różne powody. Także osobiste. Ale mógł być spokojny, nie chciałam finansować badań po to, żeby znaleźć tę największą przyjemność. Nie potrzebuję jej szukać. W moim życiu nie ma w ogóle nic nieprzyjemnego. Już raczej ciekawiłoby mnie odnalezienie człowieka, który dałby radę żyć w stanie nieustającej, wielkiej przyjemności i nie złamałby się przy tym. Dlatego interesuje mnie taki temat: jak ludzie znoszą przyjemności i dlaczego znoszą je tak źle.

On zaczął coś mówić o takich rzeczach jak antropologia, kultura, historia, idea i fundusze na badania. Rzuciłam dość poważną kwotę, więc na chwilę przycichł, a wtedy kucharze podali nam dania. Dzisiaj oni podawali do stołu, bo wyglądali odpowiednio, byli żółci.

Potrawy zaczęły robić swoje już od pierwszej chwili, takie były aromatyczne i kolorowe. Ojciec Mata na pewno wielu rzeczy próbował, ale czegoś takiego jeszcze nie. Początkowo starał się jeszcze kontrolować, coś mówić między jednym rzutem na talerz a drugim, ale kiedy zobaczył moje przyzwolenie, pozwolił sobie na wielkie obżarstwo.

— O, panie Robercie, to jest takie dobre — wybełkotał po godzinie, podczas której kucharze tylko przynosili potrawy i odnosili talerze. — Tak przyjemnie mi się wszędzie zrobiło. Wie pan, ciekawe, że po takim obżarstwie czuję się tak dobrze. Tak mi się ciepło zrobiło, nawet w głowę.

— To jest właśnie to, co czuje dziecko, kiedy po raz pierwszy pije mleko matki. Tak właśnie działa dobry, prawdziwy pokarm. Jedyny pokarm, jaki człowiek powinien wprowadzać do organizmu. Zrobiony przy pomocy specjalnego ciepła. To jest ciemne ciepło, takie jak to, które jest w organizmie matki, tylko o wiele mocniejsze. Ogrzewa nie tylko ciało. Może wchodzić do człowieka przez usta, także z jedzeniem.

Uśmiechając się, wymiotował.

— Przepraszam, przepraszam... To jest niesamowite... — charczał ze szczęścia. — Chyba nie jestem przyzwyczajony... Gdzie można dostać takie jedzenie?

— Chce pan to poczuć jeszcze mocniej?

Potem zrobiło się czarno, ciepło i tak kleisto, chociaż ja nie przyjarałam. Pamiętam, że mówiłam jeszcze dużo jakichś rzeczy, potem spaliśmy, potem znowu nie spaliśmy, tylko leżeliśmy na łóżkach. Ja mówiłam prawie cały czas. Opowiadałam mu o tym, jak kocham Mata i jak bardzo zrobię mu dobrze. I jak bardzo kocham jego, bo jest ojcem Mata i dlatego że w ogóle kocham wszystkich. I nad ranem chciałam, żeby opowiedział coś o Macie, chociaż zaczęłam się już trochę wstydzić. Bo już wiedziałam, że nie trzeba było tego mówić, tym bardziej że on też trzeźwiał. Myślałam, że jak trochę przetrzeźwieję, to się jakoś skontroluję. Ale im bardziej trzeźwiałam, tym bardziej mi się chciało Mata i to jakoś tak, że aż się wstydziłam za to, jaka jestem na trzeźwo. Za każdym razem, kiedy otwierałam usta, żeby powiedzieć coś innego, to jakoś tak zawsze mnie skręcało, że coś w końcu zaczynałam o Macie, a potem musiałam znowu wpasowywać się tak dokładnie w pościel, jakby mnie tu nie było. Jego ojciec chyba dochodził do siebie, bo coraz bardziej wyglądał jak potargana sowa.

W końcu znowu zajarałam i zaczęłam jeszcze bardziej kochać. Tak bardzo, że aż przestało mi się chcieć o tym mówić. Nie było już tak, że muszę Mata mieć totalnie, że muszę wybłagać u ojca, żeby mi go tu doprowadził. Może wystarczyłoby mi widzieć go, rozmawiać, być z nim tak normalnie, jak ludzie, którzy są z nim blisko. I jak to pomyślałam, zaraz potem zrobiło się naprawdę ciemno i ciepło.

TO JEDNA Z NAJBARDZIEJ NIEZWYKŁYCH RZECZY, kiedy coś, co było stare, zużyte i zesztywniałe, młodnieje nagle na twoich oczach i robi się miękkie. I chociaż niby nic się nie dzieje, jest tylko bardzo, bardzo spokojnie, nie zdziwiłabym się, gdyby się okazało, że tych kilka zeschłych pająków z pokurczonymi nóżkami, które nie wiadomo co robiły w samochodzie, ma w sobie coś z kwiatków.

Mam taką kulkę. Od czasu do czasu ugniatam ją sobie w dłoni i wczoraj nawet nie zauważyłam, że tak długo ją gniotłam, aż zrobił się z niej taki miękki placuszek o konsystencji plasteliny. Jak to dobrze, że mieszkam sama. Jak to dobrze, że już nie mieszkam w domu. Nikt się nie martwi, że nie ma mnie w domu. Ludzie dzwonią na komórkę. Nikt mnie nie znajdzie, bo ciągle jestem w różnych miejscach. Czuję się trochę tak jak wtedy, kiedy miałam czternaście lat i uciekłam z domu. Tyle że teraz jestem bardzo spokojna.

Ten ogromny spokój pomaga mi prowadzić samochód. Przez cały dzień jeżdżę po różnych, głównie pustych okolicach. W nocy zatrzymuję się w lesie, rozkładam tylne siedzenia i śpię. Dobrze, że mam kombi. Wystarczy, że rozłożę siedzenia, rzucę materac i mogę sobie leżeć z zamkniętymi oczami. Oficjalnie wzięłam urlop zdrowotny. Na razie nikt nieznajomy nie pytał o mnie. Policja też nie.

Tęsknię tylko za Matem. Oczywiście, to też nie jest w żaden sposób bolesne. Ta tęsknota to ogromne rozrzewnienie, dojrzałe i słodkie, gdy myślę o Maciu, z którym ostatni kontakt był nieudany.

Ciekawe, że największy w życiu spokój ogarnął mnie dopiero po tym, jak zabiłam człowieka. A właściwie trochę wcześniej, ale od tej pory mnie nie opuszcza. Bo miałam tyle przytomności umysłu, żeby zrozumieć, że wielka torba z beżowym proszkiem mnie uspokoi i trzeba ją zabrać. I żeby powiedzieć ochroniarzom, że tamten śpi i nie chce być budzony do wieczora. Chociaż chyba cierpiałam, musiała być wtedy we mnie jeszcze resztka spokoju z wieczoru. Inaczej zesrałabym się ze strachu. A teraz w ogóle nie sram. Nie muszę też jeść, uwolniłam się od wszystkich funkcji życiowych. Ciało jest jakieś lekkie, bardzo słodkie, ale jakby nieistniejące, jest tylko słodycz w miejscu ciała. Jestem przecież czystymi uczuciami, głębokimi i rozlewnymi. Nie muszę nawet spać, bo właściwie przez cały czas ani śpię, ani nie śpię, tylko jestem gdzieś pomiędzy. Ciekawe, że za pierwszym razem miałam mdłości. Ale zaraz potem zrobiło mi się tak gorąco. Jak wtedy, gdy pierwszy raz zobaczyłam mojego synka.

Taki stan powinien być dostępny tylko dla odpowiednio słodkich istot. One mogą się tak naturalnie w nim rozpłynąć. Zła istota zatruje sobą nawet najsłodszy stan, gdy za sprawą jakiejś małej pomyłki ten stan ją ogarnie. Ohydnie jest, gdy taki robal próbuje pożreć — i to ze smakiem — to, co tak bardzo kochasz. To, co tylko do ciebie należy.

Palę jeszcze trochę proszku. Sporo dymu pewnie się marnuje, bo organizm jeszcze nie przyzwyczaił się do wchłaniania większych ilości. Ale dym może się marnować, mam jeszcze pół kilo. Nawet mój umysł nie do końca obejmuje to bogactwo. To znaczy obejmuje je, ale nie jest w stanie go podzielić, wyliczyć, ile to dni i godzin. Od dłuższego czasu trwa ciągle ta sama godzina.

Zajeżdżam pod dom i wychodzę, ale chociaż niby się ruszam, jestem nieporuszona. Baśki nie powinno być o tej porze, na pewno jest z tym swoim współpracownikiem. Macio będzie sam. Na klatce schodowej palę jeszcze raz na parapecie, potem przemierzam kilka intensywnych, gęstych metrów, aby wreszcie zadzwonić do drzwi.

— Maciu! — wołam.

— Idź sobie — mówi dziecko zza drzwi.

— Maciu, otwórz. Cokolwiek by się działo, jestem twoim ojcem.

— Nie jesteś moim ojcem.

— Ależ co ty mówisz — odpowiadam spokojnie, nawet z pewną słodyczą. — Nigdy mi tego nie odbierzesz. Nosiłem cię na rękach. Pamiętam, jak wypluwałeś smoczek, a potem płakałeś, że już go nie masz. Kiedy ci go znowu wkładałem, byłeś wniebowzięty. Czy wiesz, co czuje ojciec do dziecka? Chcę tylko, żeby zawsze było ci tak, jak wtedy.

— Znam cię. Nie jesteś moim ojcem.

— Maciu! Maciu!

Drzwi powoli się otwierają. Wchodzę do środka. On ma tak napięte mięśnie twarzy, że oczy robią mu się długie, jak u trupa. Patrzę mu w oczy. On patrzy w moje.

— No rzeczywiście, to prawda — przyznaję. — Nie jestem twoim ojcem. Jestem twoją mamą. Twoją prawdziwą mamą.

— Jesteś ujarany! Jesteś ujarany — mówi, a potem kaszle dziwnie, sucho i głośno.

— Maciu — mówię. — Ja nie jestem ujarana. Ja jestem heroina.

Zamyka oczy.

— Maciu, to dobrze. Znowu będziesz miał mamę — mówię, wymijając kredens. — Znowu będziesz miał to, czego tak strasznie, strasznie trzeba.

Dziecko odwraca się ode mnie plecami i idzie do łazienki. Zamyka się na haczyk. Jakoś muszę mu to tam dostarczyć. Oczywiście, nawet gdy to zrobię, on mógłby nie zapalić. Ale właśnie dlatego musi zapalić.

Idę do kuchni. W kuchni jest małe okienko tuż pod sufitem, które wychodzi na łazienkę. Wdrapuję się na stół, otwieram to okienko, a potem wrzucam Maciowi do łazienki folię, zapalniczkę, dwie ćwiartki brauna w woreczkach.

Potem czekam kilka długich chwil, aż nagle cały kibel robi się gorący, a głowa wypełnia się słodkim lukrem, który zaraz twardnieje, ale przez to robi się jeszcze mocniejszy. Znowu jestem istotą absolutnie szczęśliwą i spokojną jak śmierć.